Tucholsky Wagner Zola Scott Schlegel
Turgenev Fonatne Sydow Freud
Wallace Fouqué
Twain Walther von der Vogelweide Friedrich II. von Preußen
Weber Freiligrath
Fechner Weiße Rose von Fallersleben Kant Ernst Frey
Fichte Richthofen Frommel
Engels Fielding Hölderlin
Fehrs Faber Flaubert Eichendorff Tacitus Dumas
Maximilian I. von Habsburg Eliasberg Ebner Eschenbach
Feuerbach Fock Zweig
Ewald Eliot Vergil
Goethe Elisabeth von Österreich London
Mendelssohn Balzac Shakespeare Ganghofer
Lichtenberg Rathenau Dostojewski
Trackl Doyle Gjellerup
Mommsen Stevenson Tolstoi Hambruch
Thoma Lenz Hanrieder Droste-Hülshoff
Dach von Arnim Hägele
Reuter Verne Hauff Humboldt
Karrillon Garschin Rousseau Hagen Hauptmann Gautier
Defoe Hebbel Baudelaire
Damaschke Descartes Hegel Kussmaul Herder
Wolfram von Eschenbach Schopenhauer Rilke George
Darwin Dickens Grimm Jerome
Bronner Melville Bebel Proust
Campe Horváth Aristoteles
Bismarck Vigny Voltaire Federer Herodot
Gengenbach Barlach Heine
Storm Casanova Tersteegen Grillparzer Georgy
Chamberlain Langbein Gilm
Lessing Gryphius
Brentano Lafontaine
Strachwitz Claudius Schiller Kralik Iffland Sokrates
Katharina II. von Rußland Bellamy Schilling
Gerstäcker Raabe Gibbon Tschechow
Löns Hesse Hoffmann Gogol Wilde Vulpius
Luther Heym Hofmannsthal Klee Hölty Morgenstern Gleim
Roth Heyse Klopstock Goedicke
Luxemburg Puschkin Homer Kleist
Machiavelli La Roche Horaz Mörike Musil
Navarra Aurel Musset Kierkegaard Kraft Kraus
Nestroy Marie de France Lamprecht Kind Kirchhoff Hugo Moltke
Nietzsche Nansen Laotse Ipsen Liebknecht
Marx Lassalle Gorki Ringelnatz
von Ossietzky May Klett Leibniz
vom Stein Lawrence Irving
Petalozzi Platon Knigge
Pückler Michelangelo Kafka
Sachs Poe Kock Korolenko
de Sade Praetorius Liebermann
Mistral Zetkin

Der Verlag tredition aus Hamburg veröffentlicht in der Reihe **TREDITION CLASSICS** Werke aus mehr als zwei Jahrtausenden. Diese waren zu einem Großteil vergriffen oder nur noch antiquarisch erhältlich.

Symbolfigur für **TREDITION CLASSICS** ist Johannes Gutenberg (1400 — 1468), der Erfinder des Buchdrucks mit Metalllettern und der Druckerpresse.

Mit der Buchreihe **TREDITION CLASSICS** verfolgt tredition das Ziel, tausende Klassiker der Weltliteratur verschiedener Sprachen wieder als gedruckte Bücher aufzulegen – und das weltweit!

Die Buchreihe dient zur Bewahrung der Literatur und Förderung der Kultur. Sie trägt so dazu bei, dass viele tausend Werke nicht in Vergessenheit geraten.

Der ehemalige Herr/Memoiren eines Cowboy

Paul Bourget

Impressum

Autor: Paul Bourget
Umschlagkonzept: toepferschumann, Berlin

Verlag: tredition GmbH, Hamburg
ISBN: 978-3-8495-2931-4
Printed in Germany

Ziel der TREDITION CLASSICS ist es, tausende deutsch- und fremdsprachige Klassiker wieder in Buchform verfügbar zu machen. Die Werke wurden eingescannt und digitalisiert. Dadurch können etwaige Fehler nicht komplett ausgeschlossen werden. Unsere Kooperationspartner und wir von tredition versuchen, die Werke bestmöglich zu bearbeiten. Sollten Sie trotzdem einen Fehler finden, bitten wir diesen zu entschuldigen. Die Rechtschreibung der Originalausgabe wurde unverändert übernommen. Daher können sich hinsichtlich der Schreibweise Widersprüche zu der heutigen Rechtschreibung ergeben.

Meisterwerke
der zeitgenössischen Novellistik
herausgegeben von **Lothar Schmidt.**

Erster Jahrgang.   Band 2.

✳

Paul Bourget.

Der ehemalige Herr.
Memoiren eines Cow-boy.

Fernand Vandérem.

Das Billard. ✳ Sammy. ✳ Er.
Der Pensionär.

Breslau ✳ Leipzig ✳ Wien

Verlag von S. Frankenstein

1897.

Der ehemalige Herr

Wenn ich auf meiner Reise nach dem Süden von Nordamerika zum ersten Haltepunkt eine kleine Stadt in Georgia machte, deren Namen ich hier nicht nennen kann – warum, werde ich gleich sagen – so verband ich damit die Absicht, daselbst einen ehemaligen Offizier der Nordarmee aufzusuchen, einen Busenfreund des großen Präsidenten. Den Namen desselben verschweige ich ebenfalls; ich nenne ihn einfach Colonel Scott, ein Pseudonym, welches ihn seinen Intimen nicht unkenntlich machen wird. Er will es einmal so. Ein gemeinsamer Bekannter, der mir in Washington einen Brief für ihn übergab, hatte mir gesagt: »Machen Sie sich auf den kompliziertesten Menschen gefaßt, auf einen Mann, welcher wahrhaft many sided ist, wie wir zu sagen pflegen. Sie werden sich selbst ein Urteil über ihn bilden. Er ist aus Massachusetts gebürtig, und es steckt eine Art Puritaner in ihm. Er hat den Krieg mitgemacht und er hat auch etwas Soldatisches an sich. Später hat er Medizin studiert und dabei einen gewissen Zug von Gelehrtheit angenommen. Darauf wurde er Geschäftsmann und leitete eine große Gesellschaft für Uniformen- und Livreeknöpfe, und seit jener Zeit ist er auch ein Industrieller. Auch vom Großgrundbesitzer hat er manches an sich, nachdem er eine große Pflanzung im Süden angekauft; der Gesundheitszustand seiner Tochter bestimmte ihn dazu, ein gentleman farmer zu werden. Vor allen Dingen aber ist er ein sehr mildthätiger und rechtschaffener Mensch, voll von Erinnerungen an Lincoln, Grant, Hooker, Sherman... Kurz, Sie werden ja mit ihm plaudern...« Ich habe in der That viel mit dem Colonel geplaudert und bei diesen Unterhaltungen Stoff gesammelt, den ein Chronist des Sezessionistenkrieges benützen könnte. Er hat mir nach einigem Zaudern gestattet, von seinen Mitteilungen Gebrauch zu machen, und mich nur gebeten, einige Einzelheiten sowie seinen Namen und den seiner Stadt zu ändern. Am interessantesten ist mir der Mann durch einige persönliche Erlebnisse mit ihm geworden, die ich hier treu und wahrheitsgemäß berichte.

*

Also ich kam nach Philippeville – so wollen wir jene kleine Stadt Georgiens nennen. Es war um die Mitte des Monats März. Das erste, was ich that, war, daß ich mich nach der Adresse von Mr. Scott erkundigte. Man sagte mir, er wohne etwa zwei Meilen von der Stadt entfernt, aber ich müßte ihm vorher schreiben, um ihn nicht zu verfehlen. »Er ist ein passionierter Jäger,« meinte Mr. Williams, der Hotelwirt, welcher mir diese Auskunft gab, »und er kehrt manchmal drei oder vier Tage lang nicht zurück. Sie müssen nämlich wissen, mein Herr, daß wir die schönsten Jagden von Amerika haben: Damhirsche, Enten, Auerhähne, Rebhühner, Wachteln und kein einziges wildes Tier, keinen Bären, kein Puma. Ach! Philippeville ›schlägt‹ alle Städte des Südens, Philippeville beats every town in the South!«

»Keine wilden Tiere?« rief ich; »und die Alligators und die Klapperschlangen?«

»Die sind ganz da unten in Florida,« antwortete er mir, »ja mein Herr, seit zwanzig Jahren bringe ich hier jeden Winter und jedes Frühjahr zu, und nie habe ich andere Schlangen gesehen als Nattern.«

Der werte Herr Williams vergaß hinzuzufügen, daß er während seines zwanzigjährigen Aufenthaltes keine hundertmal das Hotel verlassen hatte.

Er hatte übrigens da ein Ideal von komfortabler Herberge für alle Reisenden eingerichtet, die er wie Freunde behandelte, indem er für ihre Behaglichkeit und Zerstreuung sorgte, wie der Kastellan eines Landschlosses, der eine Anzahl Gäste zu bewirten hat.

Man findet nirgendwo anders als in den Vereinigten Staaten jenen Typus von Hoteleigentümer, welcher im gemeinschaftlichen Eßsaal jeden Tag im Frack speist, vis-à-vis seiner Frau, die in großer Toilette dasitzt. Alle beide verbringen nachher den Abend in dem »hall« mit ihren Gästen bei den Klängen eines für die Saison gemieteten Orchesters. Ich habe übrigens guten Grund zu glauben, daß bei dem Besitzer von Williamshouse in Philippeville die Rücksicht auf mich, den an wilde Tiere wenig gewöhnten, friedlichen Spaziergänger, über die Wahrheitsliebe siegte. Denn ich hatte mich kaum achtundvierzig Stunden am Orte aufgehalten, als ich bereits die Bekanntschaft eines dieser von Williams so liebenswürdigerweise nach Florida verbannten Ungeheuer machte. Ich will hinzufügen, daß die Grenze, welche Georgia von Florida trennt, durch eine dreistündige Wagenfahrt von Philippeville aus zu erreichen ist. Ein Alligator oder eine Klapperschlange kann diese Entfernung ohne zu ermüden an einem Nach- oder Vormittag bequem zurücklegen, wenn die Sonne ihr kaltes Blut allzusehr erwärmt oder wenn Hunger oder Liebe sie peinigen. Geben wir also zu, daß das Tier, von dem ich sprechen will, aus dem schrecklichen Florida gekommen war und daß somit Mr. Williams nicht gelogen hatte.

Heute, wo ich fern von jenem heißen Klima diese Erinnerungen niederschreibe, kann ich es selbst kaum glauben, daß ich nicht lüge und daß ich wirklich am Tage meiner Ankunft in Philippeville jenen leichten, kleinen Wagen nahm, daß jener Wagen wirklich die lange, von hölzernen Negerhäusern eingesäumte Straße zurückgelegt hat, und daß ich mit meinem Kutscher wirklich durch den Terpentinwald hindurch gefahren bin, bis wir an einen Pfahl der Lichtung gelangten, auf dem einfach die Worte geschrieben standen: »Scott's Place«. Ich sehe mich noch wie im Traume aus der Kalesche steigen, und eine gewundene Allee entlang gehen, und erblicke ganz am äußersten Ende ein breites, niedriges Haus, in dem ich das des Herrn vermute. Es war ganz aus Holz, wie die der Neger in Philippeville, aber gefirnißt, gelb lackiert, mit einem dunkelrot gefärbten Dache. Um das Haus herum führte ein hölzerner, blau angestrichener Zaun. Ich brauchte nicht lange zu klingeln und nach dem Besitzer des so friedlichen und mit seinem einzigen Stockwerk so nett aus dem Gerank von wilden Rosen hervorschauenden Landhauses zu fragen. Eine Schar von fünfzehn bis zwanzig Negern, Männern, Weibern und Kindern, drängte sich am Eingange. Jener Kreis von Krausköpfen umgab einen Mann von etwa sechzig Jahren. Von großer, stämmiger Gestalt, war er doch behende, wie er so dastand in seinem Jagdkostüm mit den hohen Ledergamaschen und der braunen Sammetjacke. Der Oberst, denn dieser war es, bemerkte mein Nahen ebensowenig als die Schwarzen, welche ihm, der einer äußerst seltsamen Beschäftigung oblag, mit gespannter Aufmerksamkeit zuschauten. Er war über eine große Kiste aus weißem Holz gebeugt, die mit Latten, welche auseinander standen, verschlossen war. Die Kiste mußte, nach dem Geräusch, das von ihr ausging, ein sonderbares und gereiztes Tier enthalten. Es klang wie ein Reibeisen, welches heftig über einen sehr harten Gegenstand hin und her geführt wird. Mr. Scott hielt in seiner rechten Hand einen

Stock, an dessen äußerstem Ende er einen großen Watteknäuel befestigt hatte, und mit diesem Watteknäuel, den er von Zeit zu Zeit mit einer wasserfarbenen Flüssigkeit aus einer großen Flasche begoß, fuhr er durch die Spaliere des Deckels hindurch in die Kiste hinein. Ich empfand bald den faden und süßlichen Geruch des Chloroforms. Was war das für ein Tier, das der Oberst auf solche Weise einzuschläfern versuchte? Das reibeisenartige Geräusch wurde immer schwächer und schwächer. Ein Neger sagte endlich: »Jetzt schläft sie.« Der Oberst goß nun den Rest aus der großen Flasche in den Kasten. Er stöberte mit dem Stock darin herum, um sich des Schlafes zu vergewissern. Darauf ergriff er eine Zange, riß eine von den Latten des Deckels herunter und stürzte den Kasten um. Ich sah, wie zuerst ein Kopf herauskam, ein unbeweglicher, mächtiger Schlangenkopf, so breit wie meine Hand, dreieckig und platt mit aufgequollenen Drüsen. Träge hing er am Halse herab, unter dem weich und weiß die Haut erzitterte. Der Körper des Tieres wickelte sich seiner ganzen Lage nach aus. Er maß vielleicht acht Fuß und war armdick. Ein kleiner Schwanz bildete das Ende, das aus etwa zwölf Ringen bestand. Diese sahen aus wie in die graue Hornhaut hineingedrechselt. Das Aussehen der Klapperschlange war so scheußlich und rechtfertigte den schrecklichen Beinamen, welchen der Naturforscher dieser Art gegeben hat – crotalus atrox – in solchem Maße, daß die Neger entsetzt vor dem Tiere zurückwichen, obwohl es doch im Augenblicke ganz unschädlich war. Der Oberst öffnete mit der Behendigkeit eines Operateurs, der weiß, daß seine Zeit kurz bemessen ist, mittelst des Stockes das furchtbare Maul des Ungeheuers. So hielt er ihm die Kinnbacken auseinander, zwischen denen die gedoppelte und am Gaumen gleichsam festgeleimte Zunge rot hervorleuchtete. Nun sah ich, wie er mit der andern Hand ein metallenes Instrument ergriff, einen Pelikan, wie deren sich die Dentisten bedienen. Er setzte die Zange ans Maul an, das sich blutig färbte. Einen Ruck, und er wirft einen der Zähne der Schlange zu Boden. Ein zweiter, ein dritter, ein vierter Ruck: vier lange, gekrümmte Elfenbeinnadeln zieht er ihr aus, zarte, aber schreckliche Beißwerkzeuge, die gegenwärtig noch genügend Gift enthalten, um dem, der sich nur ein wenig daran den Finger ritzte, den sichern Tod zu bringen. Das Tier aber schläft weiter mit einem blutigen Geifer am Rande des Maules, das wieder geschlossen ist. Der Oberst ergreift es mit seiner behaarten Hand mitten am Leibe.

Er wirft die schlaffe Masse in die Kiste hinein, verschließt den Deckel wieder mit drei Hammerschlägen, liest die gefährlichen Hohlzähne einzeln vom Boden auf, legt dieselben sorgfältig auf den Vorsprung des hölzernen für die Ankunft von Reitern bestimmten Perrons und ruft einen Neger:

»Der dicke Bengel (this big fellow) wird ein bischen verwundert sein, wenn er erwacht. Tragt ihn fort und laßt euch nicht einfallen, mir jede Woche einen neuen zu bringen.«

In dem Augenblicke, wo er diese Worte sprach, erblickten mich seine Augen; Augen, die ganz grau waren und die von einem sonderbaren Glanze in seinem roten Gesichte erstrahlten. Er war ebensowenig im unklaren über meine Person, als ich es über die seinige gewesen war. Das Empfehlungsschreiben, das er heute morgen zugleich mit der Anmeldung meines Besuches von mir erhalten hatte, ließ keinen Zweifel zu. Er begrüßte mich, nannte mich bei meinem Namen, drückte mir die Hand und sagte ohne alle Förmlichkeit mit echt amerikanischer Familiarität auf französisch zu mir:

»Das ist die sechste, die ich seit zwei Jahren auf diese Weise operiere, und zwar die dritte in diesem Jahr. Jener Jim Kenedy da, der die Kiste fortträgt, ist der Besitzer einer Sammlung von Ungeheuern, welche er sich, ich weiß nicht wie, verschafft. Er zeigt sie von Stadt zu Stadt, von Dorf zu Dorf und verdient in einigen Wochen damit so viel, daß er ganze Monate lang nicht zu arbeiten braucht. Das liegt nun einmal im Charakter dieser Schwarzen,« fuhr er achselzuckend fort, »sobald sie satt zu essen haben, bringt man sie nicht dazu, einen Finger zu rühren...«

»Aber sie sind doch glücklich dabei, Oberst?« antwortete ich.

»Glücklich?« wiederholte er brüsk; »glücklich? Freilich; sie sind es nur allzusehr. Das ist aber ein tierisches Glücksgefühl, das sie noch mehr als die Sklaverei erniedrigt. Ja, mein Herr,« versicherte er mit einer Eindringlichkeit, indem ich jenen puritanischen Zug fand, wovon man mir gesprochen hatte, »sie würden besser sein, wenn sie noch Sklaven wären, das können Sie glauben. Ich war einer von denen, die Lincoln mit dem größten Enthusiasmus folgten. Und ich will auch gar nicht darüber streiten, nein ... ich bestreite es wirklich nicht... Man ist ja kein Mensch, wenn man zuläßt, daß es achtzehnhundert Jahre nach Christus noch einen Sklaven auf der Welt gebe;

aber wir haben geglaubt, daß wir alles gethan hätten damit, daß wir sie befreiten. Das wäre doch zu einfach gewesen. Von der Zeit an begann erst unsere eigentliche Aufgabe. Wir haben nicht bedacht, daß Wesen einer untergeordneten Rasse wie jene, nicht mit einem Male ohne Gefahr in eine bessere Lage versetzt werden. Sie werden traurige Dinge auf Ihrer Reise durch den Süden zu sehen bekommen... Doch, da lasse ich Sie in der Nachmittagssonne stehen, die mir zwar nichts schadet, die Sie aber förmlich verbrennen muß. Kommen Sie mit ins Haus; ich will Sie Miß Scott vorstellen. Es ist ein sehr bescheidenes Haus und giebt Ihnen eine Idee davon, wie eine Sklavenhalterei in Georgia vor vierzig Jahren beschaffen war. Rings herum, sehen Sie, waren Negerhütten. Ich habe drei oder vier davon erhalten. Die Küche besorgte man außerhalb, in jenen kleinen Gebäuden da. Das hier sind die Pferdeställe. Ich habe bloß wieder instand setzen lassen, was die Chastins hinterlassen haben. Sie erkennen einen französischen Namen? Es war der der Familie, welche hier lebte. Der letzte von ihnen ist vor fünf Jahren gestorben. Sie kamen von New Orleans. Wollen Sie glauben, daß die Chastins, nach Beendigung des Krieges durch die Befreiung der Sklaven ruiniert, nichts anderes mehr besaßen als dieses Stück Land, und daß sie zehn Jahre lang auf demselben lebten, ohne es zu verlassen, ohne es zu bebauen, indem sie nur von Zeit zu Zeit ein Schwein schlachteten, auf die Jagd gingen, von den Tomaten aßen im Gemüsegarten, den ein armer Neger ihnen bebaute, welcher sie niemals verlassen wollte? Es waren Leute von Herz und Gemüt und brave Herren. Das hindert nicht, daß sie nacheinander die sieben Kinder jenes Biedermannes verkauft hatten. Er hat Ihnen ja das Gitter öffnen müssen...«

»Jener kleine, fast komisch aussehende Mensch mit grauem Bart und Haar?«

»Er selbst,« sagte der Oberst. »Nun, da sehen Sie, bis zu welchem Grade die Sklaverei den Menschen entartet. Der da hat seinem Herrn den Verkauf der Kinder nie verargt. Er fand und findet es noch ganz natürlich, daß sie über seine Söhne wie über junge Schweine oder junge Kälber verfügten. Und er liebte seine Herrschaft und seine Herrschaft liebte ihn... Das ist schier unbegreiflich... Aber setzen Sie sich nur. Ich will meine Tochter holen. Man hat, als ich gerade vom Lunch aufstand, mich zu jener Arbeit da draußen

12

gerufen. Hoffentlich werden Sie diese meine Rolle als Dentist für Klapperschlangen nicht als ein Charakteristikum der Obersten meines Landes betrachten? Diese Schwarzen sind ja unvorsichtig. Das erspart ihnen immerhin einige böse Bisse.«

Auf diese Weise plaudernd, waren wir in eines der Vorzimmer eingetreten, welches mit zwei gewaltigen Karibuköpfen geschmückt war, glorreichen Trophäen, welche bewiesen, daß der Oberst ein ebenso passionierter Jäger in dem schneeigen Kanada gewesen, wie er es in dem sonnigen Georgia war. Der Salon, an den dieses Zimmer stieß und in dem mein Wirt mich allein ließ, war ein langes, mit Schaukelstühlen möbliertes Gemach, die der angenehmen Beschäftigung des rocking dienten. An den Wänden erinnerten eingerahmte Photographien an weite Reisen. Zufällig erkannte ich auf den ersten Blick die Omar-Moschee zu Jerusalem, das Parthenon, die heilige Agnes von Andrea, die sich auf einer der Säulen des Doms zu Pisa befindet, den Löwenbrunnen in der Alhambra. Ein riesiger Buddha aus lackiertem Holz ließ über diese Zeugen eines thatenreichen Wanderlebens das milde Lächeln des Propheten der Unbeweglichkeit und des Nirwana schweben. Ich erfuhr später, daß der Oberst und seine Tochter zweimal die Reise um die Erde gemacht hatten. Ein Ölporträt von ziemlich schülerhaftem, aber frischem Können zeigte in Drittel Lebensgröße Mr. Scott im Alter von etwa fünfundzwanzig Jahren in seinem Reiterdolman als Offizier der Nordarmee. Er war noch erkennbar, jetzt nach einem Vierteljahrhundert, mit seinem rauhen Soldatengesicht, das in seiner unbesiegbaren Energie dem der Generäle der französischen Revolution ähnelte. Ich hatte nicht die Muße, mich einer sorgfältigeren Prüfung dieses Salons hinzugeben und die Titel der Bücher zu lesen, welche in einem niedrigen Bücherschrank mit ungleichen Regalen standen. Die Seitenthür wurde soeben geöffnet, und ich sah den Oberst eintreten, der mit der Sorglichkeit eines Krankenwärters einen Rollstuhl vor sich her schob, in dem ein Mädchen von ungefähr fünfundzwanzig Jahren saß.

Der Anblick jeder unheilbaren Krankheit, wenn sich die Krankheit mit der Jugend vereint, läßt schmerzlich in der Tiefe unserer Seele eine Saite erklingen. Und wenn nun gar das Geschöpf schön und gut ist, dem solches Siechtum in der Blütezeit der Jugend bestimmt ist, so ist unser Mitleid noch viel größer. Miß Ruth Scott hatte, wenn man nur ihr Gesicht ansah, gewisse zarte und doch zugleich ausdrucksvolle Züge von jener Seelengröße, welcher das Alter keinen Eintrag zu thun pflegt; sie besaß einen Teint, durch den die Kraft eines herrlichen Blutes hindurchschimmerte, einen fein gesäumten Mund, bei dessen Lächeln tadellose Zähne zum Vorschein kamen, Zähne, wie die ihres Vaters. Ihre hellblauen Augen erzählten von dem redlichsten und stolzesten Frauenherzen, und um ihre edelgeformte Stirn rahmte sich reiches, üppiges goldblondes Haar. Eine böse, unerbittliche Krankheit, eine Krankheit, deren Namen bei dieser Jugend und Schönheit fast unglaublich klingt, nämlich ein chronischer Gelenkrheumatismus, lähmte ihre Füße, die von Decken eingehüllt waren und die sie völlig am Gehen verhinderten. Dagegen ließ sie ohne Koketterie ihre durch Schwellungen an den Gelenken grausam entstellten Hände sehen, arme, kranke Hände, welche keine Feder mehr führen und keine Nadel mehr halten konnten. Und dennoch las man auf diesem Gesicht eine lächelnde Resignation, ja noch mehr, eine strenge, ernste Freudigkeit, welche der Ausdruck aller Traurigkeit eines Märtyrerschicksals zu sein schien. Ich begriff alsbald, woher jene Heiterkeit des Geistes bei einem so großen und unabänderlichen Unglück kam. Miß Ruth hatte noch keine zehn Sätze gesprochen, als das Geheimnis ihrer innerlichen Stärke mir bereits offenbar war. Sie war wie ihr Vater von der Verantwortlichkeit der Leute ihrer Rasse gegenüber den Schwarzen durchdrungen, und bei ihr konnte ich wie bei dem Vater jenen Proselyteneifer wahrnehmen, den ohne Mißtrauen zu betrachten einem Romanen sehr schwer fällt. Die Geschichte der Angelsachsen wäre indessen unverständlich, wenn man bei ihnen nicht einen angeborenen Instinkt zur aktiven und persönlichen Mission voraussetzte. Miß Scott war nur eine von Tausenden in dieser Hinsicht, allerdings viel rührender als viele andere, weil sie selber unglücklich war. Noch jetzt klingt mir ihre ein wenig barsche Stimme im Ohr, jene Stimme, worin die Härte eines stets aufs Apostolat gerichteten Bewußtseins erklang, und ich höre sie noch, wie sie mir in Bezug aus einen von diesen Negern sagte, dessen beschauliche Sorglosigkeit ich gerühmt hatte:

»Nein, das ist nicht immer zutreffend. Es giebt selbst heute noch Rassentragödien, die man nicht ahnen möchte... Es sind jetzt zehn Jahre her, ich war auf einer Schule in Boston. Da stellt sich eines

Tages ein farbiges Mädchen in unserem College ein. Die Leiterin desselben besaß Gerechtigkeitsgefühl. Sie ließ uns alle kommen und bat uns, ihr zu versprechen, daß wir den neuen Ankömmling als eine der unsrigen betrachten möchten, sonst würde sie ihn nicht aufnehmen. Sie gab uns eine Stunde Bedenkzeit. Wir überlegten miteinander, und da die Meinungen geteilt waren, so beschlossen wir, daß Stimmenmehrheit entscheiden sollte. Diese war der Fremden günstig. Welche Grausamkeit, nicht wahr, wäre es auch gewesen, ihr wegen ihrer Abstammung das bischen Bildung vorzuenthalten, zumal da ihr Vater ein angesehener Arzt war?... Sie blieb vier Jahre bei uns. Sie war sehr intelligent, was diese Schwarzen ja oft sind, und sehr rechtschaffen, was sie nicht immer sind. Wir hatten sie sehr gern. Selbst die, welche nicht zu ihren Gunsten gestimmt hatten, hielten Wort und ließen sie nie fühlen, daß sie sie als etwas anderes als eine Weiße betrachteten. Sie selbst war darüber sehr glücklich ... Da starb ihr der Vater, ohne Vermögen zu hinterlassen. Sie mußte nach Savannah zur Familie ihres Großvaters zurückkehren. Doch jetzt fand das Mädchen, welches in der besten Gesellschaft des Nordens zu verkehren gewohnt war, keinen anständigen Menschen, der sie aufnehmen oder überhaupt nur kennen wollte. Sie war ausschließlich auf den Umgang mit den untergeordneten, groben, brutalen Leuten ihrer Rasse angewiesen... Sie hat soviel gelitten, daß sie endlich ein Verbrechen beging. Sie endete durch Selbstmord; sie stürzte sich ins Wasser. Habe ich nicht recht, ist das nicht ein furchtbares Schicksal?«

»Doch warum ist sie nicht im Norden geblieben?« fragte ich. »Hätte sie sich nicht in dem Milieu, in welchem sie auferzogen worden war, verheiraten können?«

»Nein,« sagte jetzt der Oberst, »und das kann ich auch sehr wohl verstehen. Die Ehen zwischen Schwarzen und Weißen sind bei uns nicht statthaft, und das ist auch ganz gerecht. Gott hat nicht gewollt, daß dieses Blut sich mische, und der Beweis dafür ist, daß die Mulatten fast immer schlecht sind. Nein, nicht darum handelt es sich, die weiße Rasse durch die schwarze zu verderben. Es handelt sich vielmehr darum, aus dieser so lange geknechteten Rasse ein Menschengeschlecht zu machen, das wirkliche Menschen darstellt, Bürger, welche wirkliche Bürger sind, kurzum, etwas anderes als Kinder oder Tiere.«

»Aber sie sind doch bereits Christen?« unterbrach ich.

»Und zwar gute Christen,« versetzte Miß Ruth. »Man muß bloß hören, wie sie ihre Lieder singen, worin sie von dem alten Paulus oder dem alten Moses sprechen, wie von Leuten, die sie gekannt haben, und mitunter steckt Poesie in diesen Liedern! Erinnerst Du Dich, Vater, an das Lied von den Gebeinen und dem jüngsten Gericht? Möchtest Du es uns einmal vorsingen?«

»Ich will's versuchen,« sagte der Oberst. Und ohne weiteres setzte er sich ans Pianino. In welchem Alter er nur die Muße gehabt hoben mochte, angenehm musizieren und singen zu lernen? Er präludierte, besann sich auf die Melodie, und dieselben gewandten Finger, welche den Offiziersdegen gehalten hatten, die Lanzette des Arztes, die Feder des Administrators und die vor kaum einer halben Stunde die Zange in den Rachen der Klapperschlange geführt, sie griffen jetzt die Tasten. Es war eine sanfte, dumpfe Weise, eine von jenen gedämpften Melodien, welche klingen wie das Echo eines in monotonem Takte zur Nachtzeit geschlagenen Trommelwirbels. Der Text lautete ungefähr also: »Ich weiß, daß diese Gebeine mir gehören – daß sie mir gehören – und daß sie wieder auferstehen werden – an jenem Morgen, da...« Welch ein Satz von herzzerreißendem und seltenem Inhalt, wenn man bedenkt, daß er von armen Sklaven erfunden und gesungen wurde, die in der That nichts anderes besaßen, als diese Gebeine, dieses Knochengerüst, das man ihnen unmöglich aus dem Leibe herausreißen konnte, um es zu verkaufen! Welch ein Elend und welch eine Hoffnungsfreudigkeit dabei!

»Und sie ließen die Knochen ihrer Fersen und ihrer Kniee aneinander klappern des Nachts, wenn wir sie diese Worte längs unseres Hauses singen hörten,« meinte Miß Scott. »Wenn Sie diese Lieder gern haben, so werden wir Ihnen noch andere heraussuchen.«

»Es giebt einen Gesang,« antwortete ich, »den ich nie gehört habe, den Sie aber kennen müssen, Oberst. Ich denke, die Neger müssen ihn ebenfalls singen, da er der Schlachtgesang ihrer Befreiung gewesen ist. Ich meine den Marsch John Browns.«

Nicht ohne Absicht hatte ich meinen Wirt, den ich so gefällig sah, um das Kriegslied gebeten, das mir in seiner männlichen Schlichtheit immer einen solchen Eindruck machte:

»Der Körper John Browns – wird im Grabe faulen. – Heil, Heil, Hallelujah! – Aber seine Seele wird gen Himmel schweben.«

Ich rechnete darauf, daß diese Marseillaise der Nordarmee ihm Gelegenheit zu der Mitteilung einiger Kriegsabenteuer geben würde, wie die Soldaten sie zu erzählen lieben. Doch ich beurteilte die erstaunliche Einfachheit dieses Mannes schlecht. Er schien ein wenig verwundert über meinen Einfall, gleich als ob dieses Lied John Browns etwas Altmodisches, Uninteressantes wäre: » chestnut, eine alte Kastanie,« so heißt bei ihnen der Ausdruck dafür. Dennoch beugte er sich von neuem über das Pianino und stimmte den Kriegsgesang an. Es ist eine sehr einfache, lebendige und beinahe heitere Melodie. Sie ist der Ausdruck des Selbstvertrauens, eines fast freudigen Selbstvertrauens und des Mutes im Dienste einer gerechten Sache. Ich betrachtete den Sänger, während er den für ihn mit blutigen Erinnerungen verknüpften Text aussprach. Er sang die Melodie lustig, wie vorgeschrieben, mit einer Miene, als ob er sich darüber freute. Das befremdete mich indessen noch lange nicht so als gleich darauf sein Anerbieten, mir den Südmarsch vorzusingen, »Das Dixey-Land«, eine echt leichtfertige, behende und frivole Tanzmusik. Der Oberst hatte bei der Erinnerung an beide das gleiche Vergnügen, so sehr war für ihn jener Bürgerkrieg ein Ereignis aus vergangener Zeit, beinahe ein retrospektives Schauspiel von lediglich malerischem Reize, und als er das Pianino verließ, um seinen großen, biegsamen Körper in einem Schaukelstuhle zu wiegen, meinte er:

»Sie hätten beide Lieder von Tausenden von Soldaten auf den Märschen singen hören sollen... Das waren tapfere Leute, die einen wie die anderen, und Soldaten bis zum letzten Augenblick. Ich hab' gesehen, wie diese Armeen gemacht, gebildet wurden, täglich, stündlich, gleich einer neuen Stadt... Ich erinnere mich. In der allerletzten Zeit fragte mich ein französischer Offizier, der einer unserer Paraden beiwohnte: ›Jetzt, wo Sie diese schöne Armee beisammen haben, wo wollen Sie nun beginnen? Mit Kanada oder Mexiko?‹ – ›Wir wollen damit anfangen, daß wir sie alle heimschicken zur Arbeit‹ antwortete ich. Und so war's auch. Am Ende des Krieges hatten wir zwölfhunderttausend Mann und sechs Monate darauf fünfzigtausend...« Und dabei zeigte er ein schönes Lächeln nationalen Stolzes. Er that sich auf diese Beurlaubung mehr zugute als auf zwanzig Siege. – Doch ernst auf sein eigentliches Thema zurückkommend, wie ein echter Amerikaner, schloß er: »Trotzdem haben wir nicht genug für die Schwarzen gethan. Man durfte ihnen weder die Rechte verleihen, die man ihnen gab, noch sie so gänzlich vernachlässigen.«

»Kann man denn eine Rasse bessern?« fragte ich. »In Kanada, wovon Sie eben sprachen, und zwar in der Nähe von Montreal, habe ich ein Dorf bekehrter Irokesen besucht. Ihr Geistlicher sagte mir, es sei unmöglich, sie über einen gewissen Punkt hinaus zu bilden. Es existiert gleichsam im Blute eines jeden von uns eine vorgeschriebene Kulturschranke.«

»Dann müßte man eben diese wenigstens zu erreichen suchen,« meinte lebhaft Miß Ruth. – Ich bemerkte in ihrer Stimme jenen Klang von Unwillen, ja fast von Zorn, den solche Apostelseelen gegenüber naturwissenschaftlicher Notwendigkeit nicht zu unterdrücken vermögen. – »Sie werden vielleicht eine andere Meinung bekommen,« fuhr sie fort, »wenn Sie die Schule gesehen haben werden, die wir in Philippeville gegründet haben.«

Als ich den Oberst verließ, hatten wir auch bereits schon ein Rendezvous zu diesem Besuch verabredet. Ich sollte meinen Lunch bei ihm einnehmen, und dann sollten wir nach der Schule fahren in Gesellschaft seiner Tochter, die mittelst eines sinnreichen und von ihm vervollständigten Apparates vom Rollstuhl in den Wagen gehoben werden konnte. Er erzählte mir, was wir an jenem Nachmittag alles anfangen würden, indem er mich durch den Park hindurch zu meinem Wagen zurückbegleitete. Wir hatten einen anderen Weg eingeschlagen als den, auf welchem ich angekommen war, und als wir zu einem kleinen mit Bäumen bewachsenen und von niedrigen Mauern eingeschlossenen Orte gelangten, sagte mein Führer:

»Sehen Sie, das ist der Kirchhof, wo die Chastins alle seit hundertfünfzig Jahren begraben worden sind. Wollen Sie die Gräber sehen? Derartige Winkel bilden ein Stück Altamerika, das die Reisenden oft und allzusehr über dem neuen Amerika vergessen. Und dennoch ist dieses ohne jenes unverständlich.«

Wir betraten also den Kirchhof. Die üppig sprießende südliche Vegetation hatte gegenwärtig diese ungefähr dreißig Quadratmeter in einen ungeheuren Blumenkorb verwandelt. Wilder Jasmin,

Weißdorn, Geißblatt, Narzissen wuchsen da bunt durcheinander. Schlingpflanzen wanden sich an den Bäumen empor und gelbe Rosen von der Art jener Miniaturrosen, die man banksias nennt, kletterten in dichten Büscheln zu den dunklen Cypressen hinauf. Steine, von der Zeit verwittert, wurden in diesem jugendschönen und frühlingsduftigen Garten sichtbar. Ich bog die saftigen Zweige und die schönen Blumen auseinander, um einige Grabschriften zu entziffern. Der neueste dieser Steine war zweifellos von Mr. Scott gesetzt und mit einem eingemeißelten Säbel geschmückt. Ich las die Inschrift und sah, daß dies das Grab des letzten der Chastins war und daß dieser letzte Träger des Namens ebenfalls Oberst, doch in der konföderierten Armee gewesen war. Dicht daneben, auf einem andern Grab, das ganz unter der Vegetation versteckt lag, unterschied ich das Datum 1738 und die Worte: »New Orleans«. Ich begriff, daß der Nachfolger der entschwundenen Herren die fromme Absicht gehabt hatte, den Stifter der Besitzung und alle seine Nachfolger der Reihe nach nebeneinander ruhen zu lassen. Die Humanität, welche er hier auf diesem Friedhof übte, rührte mich sehr. Ein ganzes französisches Geschlecht schlief hier. Es war einst mächtig gewesen, und niemand war übrig geblieben, um sein Andenken zu ehren, außer einem hochherzigen Feinde, der sein Erbe angetreten hatte. Und der Frühling verschwendete seine Pracht an diesem Asyl der Trauer mit jener rühmlichen Gleichgiltigkeit der Natur, die man haßt, wenn man jung ist, und die man liebt, wenn man zu altern beginnt. Wenn wir darüber nachsinnen, wie gering wir doch sind, so nehmen wir die unvermeidliche Vernichtung leichter mit friedlichem Gemüte hin. Obwohl als Mann der That und als Kriegsheld der Oberst nicht ganz dieselbe Empfindung haben mochte, so ließ ihn doch jene kleine Totenoase, welche zu so sonnenheller Stunde allein das Gesumm der Fliegen belebte, durchaus nicht gleichgiltig. Er schwieg wie ich, und erst als wir wieder draußen waren, sagte er mit seiner gewohnten Lebhaftigkeit:

»Sie haben gesehen, daß der Kirchhof in gutem Stande sich befindet. Eine von ihren alten Sklavinnen läßt sich das angelegen sein. Man nennt sie Tante Sarah. Sie werden sie in der Schule kennen lernen; sie besorgt daselbst den Haushalt der Kinder. Diese ihre Anhänglichkeit gereicht den Chastins zur Ehre und sie macht mir jenen Ort völlig teuer. Ja, es ist ein Vergnügen, wenn man bedenkt, daß man ein Haus besitzt, welches durch vier oder fünf Generationen hindurch von guten Leuten bewohnt war. Das ist gleichsam, als ob es keine Unglücklichen um einen gebe. Sie werden sehen, wie zufrieden die Leute blicken. Ein bischen gesalzenes Schweinefleisch und einige Früchte: damit sind sie so vergnügt, als besäßen sie die Millionen aller Villenbewohner von Newport... Doch da steht schon Ihr Wagen...«

Meine kleine Kalesche erwartete mich ganz in der Nähe und zwar fast unmittelbar an dem Thore des Kirchhofs. In dieser zartsinnigen Gastlichkeit erkannte ich das liebenswürdige Wesen der Kranken. Der Oberst gab dem Kutscher einige Instruktionen, und als er zu mir sagte: »Also Dinstag um ein Uhr!« und mir die Hand dabei drückte, so fühlte ich mich fast versucht, zu antworten: »Dinstag?... Das ist mir ja viel zu lange bis dahin!...« Die Originalität seines Charakters, das edle Antlitz seiner Tochter, das Malerische ihres Heims hatten mir in kurzer Zeit ein Interesse eingeflößt, wie es die Romanschriftsteller von Beruf vielleicht allein verständlich finden werden. Unsere Phantasie ist wie verzaubert, und wir haben den leidenschaftlichen Wunsch, alles über jemand zu erfahren, seine Luft zu atmen, sein Leben zu leben, seine Gedanken zu denken. Als ich auf sandiger Landstraße nach Philippeville zurückfuhr, bemerkte ich kaum die Schönheit der mich umgebenden Landschaft, so sehr war ich in Sinnen versunken über diese beiden mir vor wenigen Stunden noch völlig unbekannten Menschen. Ich wundere mich, wie der puritanische Eifer, in dem sich ihre Vorfahren verzehrt hatten, noch mit ungelöschter Glut in ihnen fortbrannte. Ich fand in ihrem Bekehrungsfieber den Atavismus der Passagiere des Mayflower wieder. Ich staunte ob der Beharrlichkeit des Rassengefühls, welcher sie trotz dieses Apostolates die Heirat einer der ihrigen mit der besten ihrer schwarzen Schützlinge als eine Schmach betrachten ließ. Ich dachte an den geistigen und körperlichen Reichtum dieser Mannesnatur, die fünf oder sechs verschiedene Berufsarten und eine sechzigjährige Arbeit nicht zu erschöpfen vermocht hatten, an das traurige Geschick seines Kindes, an den Zauber dieses märchenhaften Landes, an die sonderbare Erscheinung Mr. Scotts, wie er einer chloroformierten Klapperschlange die Giftzähne auszog. Kurzum, hunderterlei Gedanken gingen mir durch den Kopf, die in mir den Wunsch lebendig machten, sobald als möglich den Mann wieder zu sehen, den ich heute erst kennen gelernt hatte. Ich ahnte nicht, daß ich ihm am Dinstag unter ganz anderen Umständen wieder begegnen würde, ferner von dem traulichen Lunch, bei dem Miß Ruth die Honneurs zu machen pflegte, und ich ließ mir nicht im Traume einfallen, daß ich in seiner Gesellschaft an einer Treibjagd teilnehmen würde, die für einen Pariser Schriftsteller noch weit sonderbarer war als eine Jagd auf Klapperschlangen.

Ich hatte dem Obersten meinen Besuch am Freitag gemacht. Während der folgenden drei Tage fiel ein in jenen warmen Klimaten häufiger Regen nieder, der die Atmosphäre, anstatt sie abzukühlen, mit heißen Dämpfen zu erfüllen schien. Ans Hotel gefesselt, hatte ich keine andere Zerstreuung, als zuzuschauen, wie das Wasser unaufhörlich niederflutete, und mit dem Wirt zu plaudern. Ich war so boshaft gewesen, ihm meine Begegnung mit einem jener furchtbaren Reptile zu schildern, deren Vorhandensein er, glaube ich, auch dann noch hartnäckig geleugnet haben würde, wenn er eines davon mitten auf seinem Tennisplatz sich hätte sonnen sehen.

»Die Neger werden die Schlange aus Florida geholt haben,« sagte er mir. »Sie haben die Manie, dieselben lebendig einzufangen, um sie an irgend einen zoologischen Garten zu verkaufen« – (Er sagte einfach: »an einen Zoo«, der Kürze halber.) »Mr. Scott, der sonst ein so guter Mensch ist, sollte ihnen nicht derartige Dienste leisten, welche sie in ihrem Thun noch ermutigen, ganz abgesehen davon, daß die Schlange leicht während der Operation hätte erwachen können... Aber der Oberst ist immer viel zu gut mit den farbigen Leuten gewesen. Manchmal wird ihm das schön vergolten. Hat er ihnen nicht erzählt, daß gegenwärtig ein ehemaliger Diener von ihm, ein gewisser Henry Seymour, im Philippeviller Gefängnis sitzt, den er wegen Diebstahls entlassen hat und der seitdem im Lande herumplünderte?... Der Mann hatte sich nach einem Morde in den Wald geflüchtet und daselbst mit seinem Winchester ein Jahr lang gelebt. Er schoß so gut, daß er der Schrecken aller anderen Neger war. Die Feiglinge lieferten ihm Essen, Whiskey und Patronen. Endlich hat man ihn bekommen. Ein falscher Freund that ihm Opium in den Whiskey und lieferte ihn dann aus. Man hat dem Seymour den Prozeß gemacht und ihn zum Tode verurteilt... Wollen Sie glauben, daß Mr. Scott empört darüber war, daß man den Mann auf solche Weise dingfest gemacht hat? Er hat es durchgesetzt, daß man die

Hinrichtung aufschob. Er ist nach Atlanta gereist, um ein Gnadengesuch durchzusetzen. Das ist ihm übrigens nicht geglückt, und nun wird die Kanaille gehenkt werden...«

»Aber der Oberst muß doch wohl noch andere Gründe als diesen Verrat angegeben haben, um für Nachsicht mit ihm zu plädieren?«

»Gewiß. Er hat behauptet, Seymour wäre zu jung bekehrt worden. Sie haben doch Menschen in braun und weiß gestreiften Anzügen mit Ketten an den Füßen auf den Landstraßen arbeiten sehen? Das sind unsere Zwangsarbeiter. Der Bursche hat ebenfalls diese Beschäftigung verrichten müssen. Ich erinnere mich seiner. Er war freilich erst siebzehn Jahre alt. Doch warum hatte er schon zwei Diebstähle begangen, ganz abgesehen von dem bei Mr. Scott, für den er nicht einmal bestraft wurde?«

»Siebzehn Jahre!« antwortete ich, »das ist trotzdem noch sehr jung. In diesem Alter ist man noch sehr leicht zu beeinflussen, und eine solche Gesellschaft von Zwangsarbeitern wird kaum einen Charakter bessern, der zum Bösen neigt...«

» Well,« meinte Williams, »viele von ihnen bleiben ein, zwei Jahre an der Kette und dann beginnen sie ein neues Leben. Wenn bei uns ein Mensch seine Schuld bezahlt hat, so glauben wir Amerikaner, daß dieselbe auch wirklich bezahlt ist. Seymour hätte die seinige durch Arbeit abbüßen können. Er hat es indessen vorgezogen, sich so zu führen, daß eine andere Buße notwendig geworden ist. Das ist seine Sache ... Würde es Sie übrigens nicht interessieren, der Hinrichtung beizuwohnen? In Georgien haben wir die Elektrizität nicht eingeführt. Wir halten es noch mit dem Galgen. So können Sie ja Vergleiche mit Frankreich anstellen. Sie haben die Guillotine, nicht wahr?...«

»Ich habe sie niemals funktionieren sehen,« sagte ich zu ihm, »und ich zweifle, daß meine Nerven kräftig genug sein werden, um zuzuschauen, wie ein Mensch gehenkt wird.«

»Ich werde immerhin für Sie beim Sheriff ein Billet bestellen,« meinte der Hotelier, »ob Sie nun Gebrauch machen oder nicht.«

Er hielt Wort, und zwei Tage darauf, am Montag, hatte ich die versprochene Einlaßkarte. Doch am Abend desselben Tages kam er im Hotel an mich heran, um mir mit der besorgten Miene eines guten Bürgers, den eine Nachricht betrübt, und eines Wirtes, der in seinen Interessen durch einen ärgerlichen Zufall geschädigt wird, folgendes zu sagen:

»Nun! Wissen Sie schon die Geschichte? Sie werden von Ihrem Erlaubnisscheine keinen Gebrauch machen können. Der verdammte Kerl, der Seymour, wird nicht hingerichtet werden.«

»Hat Mr. Scott sein Gnadengesuch durchgesetzt?« fragte ich.

»Nein, aber der Lump ist entwischt. Man gab ihm zu viel Freiheit in seiner Zelle. Er bekam viel Besuch. Jemand hat ihm ein Messer zugesteckt, und wie ihm heute Nachmittag der Wärter das Essen brachte, hat Seymour den Augenblick benützt, wo der Mann die Schüssel auf den Boden setzte, und hat ihm das Messer da zwischen die Schultern gestoßen. Der Wärter fiel sofort tot nieder. Seymour nahm ihm den Revolver, die Schlüssel und befreite so noch sieben andere Schwarze und Mulatten, die wie er gefangen waren. Und die acht Verbrecher entwischten durch eine Hinterthür des Gefängnisses, welche nach dem Dorfe hinausgeht. Sie haben das Glück gehabt, daß niemand sie bemerkte, so daß ihr Ausbruch erst zwei Stunden später bekannt wurde. Und nun sind sie im Walde bei diesem Regen und den aufgeweichten Wegen, wo man ihre Spur nicht finden wird. Weiß Gott, wann man sie wieder erwischen wird! Hatte ich nicht recht, als ich Ihnen sagte, der Oberst sei zu nachsichtig mit diesen Leuten? Hätte er keinen Aufschub erbeten, so wäre Seymour bereits in der vorigen Woche gehenkt worden, der Wärter wäre noch am Leben und unsereins würde nicht seine Kundschaft einbüßen. Ich sollte nächste Woche eine Millionärsfamilie aus Philadelphia beherbergen. Nun brauchen sie bloß von dieser Flucht in den Zeitungen zu lesen und werden Furcht bekommen und werden, in der Meinung, Georgien sei nicht sicher, nach St. Augustine gehen ...«

Ich selbst war zu sehr an die Lektüre der von Williams gefürchteten Zeitungen gewöhnt und an ihr seltsames »Vermischtes«, als daß ich mich weiter gewundert hätte über seine Erzählung. Verläßt man einmal die großen Zentren, so ist und bleibt Amerika immer noch das Land der Handstreiche, die hier mit einer Kühnheit ausgeführt werden, welche keine Gefahr beeinträchtigt. Trotzdem hatte ich, ein friedliebender gallo-romanischer Litterat, mir keineswegs träumen lassen, daß ich in die tragische Geschichte eines aus dem Gefängnisse ausgebrochenen Banditen mit verwickelt werden könnte. Ich brachte den Abend nach der Erzählung Williams damit zu, nachzusinnen, wie ich beim Dejeuner am folgenden Tage den Obersten am ehesten dazu bringen könnte, mir von seinem früheren Diener zu sprechen. Ich hatte nämlich aus den wenigen Andeutungen des Hoteliers entnehmen können, daß dies eine empfindliche Stelle im Herzen des Philantropen von Scotts Place sein mußte. Der sonderbare Mann sollte mir diese Ungewißheit ersparen. Denn am Dinstag Morgen um neun Uhr überbrachte man mir seine Karte mit einigen schriftlichen Worten. Er wartete unten auf mich. Ich fand ihn im Jagdkostüm, wie das erstemal, seine Beine steckten in hohen Ledergamaschen, seine Stiefel waren mit gewaltigen Sohlen versehen. In der Hand hielt er einen Karabiner.

»Ich bin gekommen,« sagte er, »um Sie um Entschuldigung zu bitten, wir müssen das Frühstück auf ein anderes Mal verschieben... Sie wissen wohl, daß mehrere Sträflinge aus dem öffentlichen Gefängnis entwichen sind, unter anderen ein zum Tode Verurteilter, ein ehemaliger Diener von mir...«

»Man hat es mir gesagt,« antwortete ich, »und auch, daß Sie sehr gut zu dem Unglücklichen gewesen sind ...«

»Man hat Ihnen nicht die Wahrheit erzählt,« versetzte er, »doch daran liegt übrigens wenig. Das, worauf es jetzt ankommt, ist, ihn wieder zu fassen, damit er nicht von neuem die Umgegend unsicher mache. Wir haben sofort telegraphiert und blood hounds von Atlanta kommen lassen, Hunde, die auf den Mann dressiert sind. Ich habe zehn Bürger zu diesem Zwecke rekrutiert. Für alle Fälle habe ich Ihnen auch ein Pferd mitgebracht, wenn Sie mit uns kommen wollen ...«

»Warum nicht?« erwiderte ich ihm nach einigen Zögern, »vorausgesetzt indessen ...«

»Sie fürchten irgend eine Lynchjustiz?...« unterbrach mich der Oberst, der mir meine Gedanken von den Augen abgelesen hatte. »Seien Sie unbesorgt. Wenn ich dabei bin, dürfte man derartiges nicht wagen... Haben Sie eine Flinte?...« Und auf meine verneinende Antwort meinte er; »Sie brauchen übrigens keine. Sie sind nicht aus dieser Gegend und brauchen infolgedessen nur Zuschauer zu sein, das ist ganz natürlich. Außerdem ist nur dieser Seymour bewaffnet und zwar bloß mit einem Colt Nr. 48, dem des Wärters. Wenn er seinen Winchester hätte, würde ich Sie nicht mitnehmen, denn dann würde er sich nicht fangen lassen, ohne fünf oder sechs von uns niederzuschießen ...«

Zwanzig Minuten später und ich folgte ohne weitere Vorbereitungen dem Oberst auf einem der Wege, die den gewaltigen Terpentinforst um Philippeville durchqueren. Mein Pferd war ein Tier aus Kentucky, sehr sanft und auf jenen Galopp dressiert, den die Amerikaner den single foot nennen – eine schnelle und wiegende Gangart, die ich sonst nirgends gefunden habe. Unser kleines Gefolge setzte sich, wie ich später erfuhr, aus einfachen Kaufleuten zusammen. Abgesehen von den Gamaschen, waren sie alle wie in ihren Comptoirs gekleidet, nur zeigten sie im Gesichtsausdruck eine seltene Energie und eine nicht geringere und nicht minder erstaunliche Geschicklichkeit im Reiten. Offenbar hatten sie alle einen anderen Beruf ausgeübt, bevor sie in diesem gottvergessenen Winkel von Georgien der eine als Krämer, der andere als Sattler, dieser als Passementeriewarenhändler, jener als Inhaber eines Beerdigungsmagazins sich etabliert hatten. Mit Ausnahme des Obersten und meiner selbst priemte die ganze Karawane. Ich sah wie ihre Kinnbacken sich hin und her bewegten und wie die Karabinerläufe düster neben den in automatischer Beschäftigung begriffenen Gesichtern blinkten. Die Hunde, acht kleine Tiere, die für einen Laien wie ich wie die gewöhnlichsten Jagdhunde aussahen, liefen vor uns, neben uns, zur Rechten, zur Linken, schnüffelnd, stutzend, umkehrend, eine Spur wieder aufnehmend und bald wieder verlassend. Das Unwetter vom vorigen Tage hatte aufgehört, und der Morgen nach dieser mehrtägigen Sintflut war feucht und sonnenglänzend. Obgleich die Waldwege bereits fast den ganzen Regen aufgesogen hatten, war dennoch alles überschwemmt, die kleinsten Flüsse selbst, welche sich in ein nahes Wasser ergossen, waren übergetreten, und wir hatten in einemfort Bächlein zu überschreiten, die sich in förmliche Seen verwandelt hatten, in denen unsere Pferde bis an den Bug versanken. In den großen Wäldern von Georgien und Florida haben die Neger die Gewohnheit, das Harz aus den Terpentinbäumen zu entnehmen, indem sie dieselben anschneiden. Dieser Einschnitt ist so tief, daß infolgedessen ein stärkerer Wind genügt, um den Baum zu brechen. Nun hatte vorher ein wahrer Sturm sich während zweimal vierundzwanzig Stunden über die ganze Gegend entfesselt. So kam es, daß wir immerwährend über Baumstämme hinweg zu setzen hatten, welche den Weg versperrten.

»Die Schwarzen nennen die umgestürzten Stämme Orkane,« sagte der Oberst erklärend zu mir. Das Bellen der Hunde, welche jetzt eine Spur verfolgten, belebte die Frühlingslandschaft mit einem gar seltsamen Lärm. Da ich keine Alltagssorgen hatte, wie jene Reiter aus ihren Gesichtern solche erkennen ließen, indem sie hintereinander im Schritt herritten, den Zügel um die Faust gewickelt, die Augen zu Boden gesenkt, die Büchse in der Hand, so hatte ich Muße daran zu denken, mit welchem Schrecken dieses laute Hundegebell von sieben oder acht Unglücklichen gehört werden könnte, die entweder im Versteck unbeweglich dastehen oder im wilden Lauf dahinstürmen mochten, indem sie mit zitternden Armen die Zweige zerteilten, vor Angst keuchten, vor Erschöpfung wankten. Plötzlich stürzte die Meute, die soeben schnüffelnd inne gehalten hatte, auf einen Seitenweg mit solcher Wut los, daß wir sie bald aus dem Gesicht verloren hatten. Der Oberst befahl uns allen, stehen zu bleiben. Er horchte einige Augenblicke mit der gespannten Aufmerksamkeit eines alten Praktikus, der gewohnt war, die Geräusche in Entfernungen umzusetzen.

»Die Hunde sind stehen geblieben,« sagte er endlich, »sie haben einen. Wir müssen einen Kreis bilden, um sie und den Mann einzuschließen.« Auf sein Geheiß verteilte sich in wenigen Minuten der kleine Trupp zwischen den Bäumen. Ich sah jetzt, wie die Reiter nacheinander sich im Dickicht verloren, indem sie den Zügel losließen und die Büchsen schußbereit hielten. Die klugen Pferde schienen instinktiv zu fühlen, wohin sie gehen mußten. Der Reiter gab bloß einen Druck mit dem breiten, hölzernen und mit Leder überzogenen Steigbügel, worin der Fuß auf mexikanische Art ruhte, und das Tier wandte sich oder es trat vorsichtig in die Wasserlachen, oder es nahm die Hindernisse in Gestalt der großen allenthalben herumliegenden Baumstämme, ohne dieselben mit dem Hufe zu berühren. Der Oberst und ich blieben allein und wandten uns nach der Richtung, aus der das Gebell kam. Wir waren noch keine zweihundert Meter weit geritten, als wir langsamer vorwärts dringen mußten. Der Fluß – einer von jenen kleinen, meist unbekannten

Flüssen, wie sie da drüben breit wie die Etsch oder der Po zu Hunderten fließen – war übergetreten. Er überschwemmte mit seinem schlammigen Gewässer den Teil des Waldes, wo wir zu reiten hatten. Der Oberst ritt voraus.

»Ich kenne den Weg ein wenig,« sagte er zu mir, »und so riskiere ich weniger, daß mein Pferd in irgend einem Loche stecken bleibt und ein Bein bricht.« Ich sah ihn eine Pferdelänge vor mir. Sein trotz des Alters sonst noch behender Körper erschien mir heute etwas schwerfällig. Zeitweise bewegte er sich und neigte sich ein wenig, wie um auf das Geräusch zu hören, auf das wir zuritten. Ich erblickte sein ernstes, entschlossenes Profil von einer Traurigkeit erfüllt, die ich mir zur Genüge aus den Indiskretionen des Hoteliers sowie aus dem eigentümlichen Charakter des Obersten erklären konnte. Selbst jetzt, wo er seine Pflicht als guter Bürger erfüllte und auf einen Briganten Jagd machte, sah er ohne Zweifel diesen Briganten im Geiste noch als seinen Diener: als einen kleinen, jungen Menschen, der fast noch Kind war. Der Kontrast zwischen dem Tage, wo er Seymour nach einem geringfügigen Vergehen fortgejagt hatte, und dem heutigen, wo er durch den überschwemmten Wald einen Trupp führte, um den ehemaligen Diener, welcher ein Verbrecher geworden war, einzufangen, war zu stark. Bei seiner puritanischen Auffassung von der Verantwortlichkeit der Menschen mußte der Oberst sich diese beiden Episoden vergegenwärtigen und sich sagen: »Ich hätte das verhindern können, wenn ich weniger streng gewesen wäre.« Die Sorge eines gequälten Gewissens auf diesem männlichen Gesichte mischte sich mit dem Ausdruck kriegerischen Trotzes. Auf einmal sah ich sein Antlitz ängstlich erzittern. Der Oberst hatte von neuem sein Pferd angehalten, seine Hände erfaßten krampfhaft den Karabiner und langsam machte er die Waffe schußbereit. Ich beugte mich über den Hals meines Pferdes, erblickte das Ufer des Flusses und sah, wie die Hunde dichtgedrängt hinter dem Kopfe eines Menschen herschwammen. Mit einem Arm schwamm der Unglückliche, während er mit dem anderen einen Revolver über das Wasser hielt. Langsam, fast unmerklich kam er vorwärts, indem er, gegen die Strömung ankämpfend, eine überschwemmte Brücke zu erreichen suchte, deren eiserner Anker noch fünf Meter über das Wasser hinausragte. Dieser bildete seine einzige Hoffnung, über den Fluß hinwegzukommen, dessen reißende Strömung man an der Schnelligkeit erkennen konnte, womit die Bäume auf demselben dahintrieben. Wie durch ein Wunder wurde der Schwimmer von keinem derselben erfaßt. Er kämpfte schon geraume Zeit gegen die Strömung, ohne den Mut zu verlieren. Und als ihm nun die Meute ganz nahe kam, drängend und heulend, doch ohne ihn zu beißen, so schlug er mit dem Kolben seiner Waffe nach ihren Schnauzen. Dadurch trieb er sie ein wenig auseinander und es gelang ihm, noch ein Stück vorwärts zu kommen. Offenbar sparte er den Revolver zu einem wirksameren Gebrauch auf, für den Fall, daß er auf die einzige Hoffnung, zu fliehen, verzichten mußte. In diesem erbitterten Kampfe gegen so viele Gewalten, gegen Elemente, Tiere und Menschen, lag ein verzweifelter Mut, welcher einem das Herz zusammenschnürte. Wir waren jetzt dem Manne so nahe, daß ich genau die Linien seines Gesichtes erkennen konnte. Es war ein jugendliches Mulattengesicht, eher gelb als braun, mehr an die Abstammung von Weißen als von Schwarzen gemahnend. Sein Haar war nicht kraus, nur ein klein wenig gelockt, die Nase war adlerartig anstatt platt. Welches Spiel der Vererbung mochte jenem Räuber und Mörder ein so aristokratisches Aussehen verliehen haben? Von wem stammte Henry Seymour ab? Denn er war es. Wenn ich nach der Beschreibung, die mir der Hotelier von ihm gegeben hatte, überhaupt noch zweifeln konnte, so mußte mir die Unruhe des Obersten den letzten Rest von Zweifel benehmen. Dieser hielt seinen Karabiner immer noch zum Schuß bereit, doch sein Finger drückte den Hahn nicht ab. Aber, hätte er es auch gethan, die Kugel würde ihr Ziel verfehlt haben, derartig zitterte der Arm des ehemaligen Herrn, der auf den ehemaligen Diener zielte. Dann hob Mr. Scott den Lauf in die Höh', ohne abzuschießen, und sagte laut, als wäre er ganz allein: »Nein, ich kann auf ihn nicht schießen.«

Darauf gab er seinem Tiere, das noch ein wenig vordrang, die Sporen. Das Wasser war jetzt so tief, daß es dem Reiter bis an die Kniee reichte. Er hätte nur durch Schwimmen mit seinem Pferde näher kommen können. Er war an der Leiste des Waldes, kein Baum befand sich mehr vor ihm. Ich sah, wie der Flüchtling, der seinen Revolver noch immer über Wasser hielt, auf einen Ruf des Obersten die Waffe auf diesen richtete und gleich darauf wieder sinken ließ. Seymour hatte ebenfalls Mr. Scott erkannt und schoß nicht. Die Unentschlossenheit erschien mir bei einem gewohnheitsmäßigen Mörder unter derartigen Umständen so auffällig, daß ich trotz der aufregenden Situation mich nicht enthalten konnte, mich darüber zu wundern. Der Mann, der schon so viel Blut vergossen hatte in seinem Leben, mußte für seinen Herrn eine seltsame Verehrung haben, wenn er in dieser Lage vor einem Revolverschuß mehr zurückschreckte. Oder hatte er vielleicht die Handbewegung des Obersten gesehen und war er sicher, daß dieser nicht Feuer geben würde? Meinte er vielleicht, es sei thöricht, eine von seinen fünf Kugeln zu verschwenden? Möglich auch, daß der ausgezeichnete Schütze sich außer stände glaubte, beim Schwimmen sein Ziel zu treffen. Ich werde nie hinter das Geheimnis der Motive kommen, die ihn während dieser mit rapider Taktik sich abspielenden Scene leiteten. Der Oberst schien nichts von alledem zu bemerken. Aufrecht in seinen Steigbügeln stehend, und so mit seiner staatlichen Figur noch ein viel besseres Ziel bildend, schrie er mit einer Stimme, die das wütende Gekläff der Hunde, das Tosen des Wassers und das Rauschen des Waldes übertönte:

»Vorwärts, Henry, mein Junge! Du siehst, daß Du verloren bist; ergieb Dich. Neun andere Gewehre suchen Dich, und werden in fünf Minuten zur Stelle sein!«

Der Mensch schüttelte den Kopf, ohne zu antworten. Und wie wenn die Gegenwart seiner Feinde ihm neue Kraft verliehen hätte, feuerte er auf die Hunde, so daß einer vor Schmerz laut aufheulte und die anderen zurückwichen. Nun meinte er wohl, sein Waffe könnte ihm nichts mehr nützen. Er ließ sie ins Wasser fallen und schwamm mit beiden Armen davon.

»Er entwischt!« rief der Oberst und seine hellen Augen blickten finster. Er hob den Karabiner, und nun wußte ich, daß er nicht mehr schwanken würde. Doch diese heroische Selbstüberwindung sollte ihm erspart bleiben. Seymour war jetzt ganz nahe bei der Brücke, so nahe, daß er den Anker fassen konnte. Im selben Augenblicke tauchte er unter, um gleich darauf auf der anderen Seite des Ankers zum Vorschein zu kommen. Vielleicht wäre er, wenn er, auf der Brücke untertauchend, vorwärts gegangen wäre, entkommen. Das Bedürfnis, nach einer derartigen Anstrengung seine Glieder zu dehnen ließ ihn einen Augenblick sich aufrichten, sobald er festen

Boden unter den Füßen fühlte. Sein Rumpf erschien außerhalb des Wassers, und in demselben Moment knallten rechts von uns zwei Flintenschüsse. Eine der Kugeln traf den Mulatten am Arm, der gleich darauf schlaff herabhing. Die andere traf den eisernen Anker, prallte dort ab und verwundete den Banditen am Kopf. Dieser führte die heile Hand an die Stirn und geriet ins Wanken. Instinktiv machte er einige Bewegungen, um sich an dem Eisen festzuklammern. Er wurde ohnmächtig und fiel ins Wasser. Doch bereits war der Oberst auf seinem Pferd auf ihn zugeschwommen. Derselbe hob ihn mit kräftigem Arme auf und zog ihn ans Land, wo er ihn zwischen den Bäumen hinlegte. Eine Viertelstunde darauf hatte der ganze Trupp, durch die Schüsse herbeigelockt, sich um den Ohnmächtigen versammelt. Die Hunde krochen zwischen den Beinen der Pferde hindurch und beschnüffelten und beleckten die blutigen Linnen, mit denen Mr. Scott die übrigens nur leichten Verletzungen des Unglücklichen reinigte. Wir erfuhren nun, daß dieser in der Hoffnung, seine Hinrichtung zu verhindern, eine Krankheit vorgeschützt und seit mehreren Tagen Speis' und Trank zurückgewiesen hatte. Das wurde die eigentliche Ursache seines Verderbens. Wäre er kräftiger gewesen, so würde er sich nicht verspätet haben, und er hätte wie die anderen eine Stunde vor unserer Ankunft die Brücke überschritten. Einmal auf der andern Seite des Waldes angelangt, würde er wie sie eine Eisenbahnlinie erreicht und nach Art der professionellen tramps einen Zug im Fahren bestiegen haben. Ich muß übrigens bemerken, daß, nachdem man einmal den Mörder dingfest gemacht hatte, sich niemand mehr um seine Spießgesellen bekümmerte. Man war indessen sicher, daß sie nicht mehr in der Gegend herumschweifen würden und wahrscheinlich Georgien überhaupt verlassen dürften. Der Staat war sie los. » Good bye, old chums.« – Ich glaube, die braven Bürger von Philippeville hätten den Flüchtlingen gern diesen herzlichen Gruß nachgerufen, wenn sie im Augenblick nicht mit der Pflege ihres Gefangenen beschäftigt gewesen wären, an dem sie für alle farbigen Burschen der Umgegend ein warnendes Beispiel statuieren wollten.

Inzwischen kam Henry Seymour wieder zu sich. Bei der ersten Bewegung, die er machte, um sich aufrichten, zog einer der Leute den Hahn seines Karabiners auf, während zwei andere die Beine des Verwundeten packten und sie ihm fest aneinanderknebelten.

Seymour machte übrigens keinen weiteren Versuch zu einem nunmehr gänzlich aussichtslosen Widerstande. Die zweite Kugel, die am Eisen abgeprallt war, hatte ihm die Augenbraue getroffen. Die ganze linke Seite der Stirn und des Augenlides war furchtbar entstellt. Sie war bereits dick angeschwollen, so daß sich nur noch das rechte Auge zu öffnen vermochte. Der Blick dieses einzigen Auges war bei der Musterung unseres Kreises so wild und frech, daß einer der Jäger auf diese schweigende Herausforderung, ganz unwillkürlich laut antwortete:

» It is too late, man. – Es ist zu spät, Mann!«

Seymour schien diese Worte, welche schlechthin sein Schicksal verkündeten, nicht gehört zu haben. Jetzt betrachtete ihn der Oberst und zwar mit einem ganz andern Blicke. Ich machte mich auf irgend eine seltsame oder rührende Ansprache gefaßt. Doch er sagte nichts, und auch der Verwundete schwieg eine Zeit lang, bis er sich endlich direkt an Mr. Scott, als wären die anderen für ihn nicht da, mit der Bitte wandte:

»Trinken, Oberst, ich hab' Durst ... Wollen Sie mir zu trinken geben?«

Es klang etwas Einschmeichelndes, fast Kindliches in seiner Stimme, als er den ehemaligen Herrn anredete – gleichsam ein Appell an die Nachsicht, durch die er einst verwöhnt worden war. Mr. Scott zog eine platte Flasche aus seiner Tasche entkorkte sie und hielt die Öffnung dem Gefangenen an die Lippen, indem er dabei dessen Kopf hielt, Seymour trank gierig einige volle Züge, sein Auge erglänzte liebevoll, er lächelte vergnügt und, wie wenn er seine soeben noch an den Tag gelegte Wut vergessen hätte, sein gestriges Verbrechen, seine wahnwitzige Flucht von heute Morgen, seine Verwundung, die Gewißheit des traurigen Loses, das ihm bevorstand, sagte er, mit der Zunge schnalzend:

»Ja, das ist ja immer noch derselbe Whiskey, den wir zu trinken pflegten, wenn wir zusammen auf die Jagd gingen. Der übertrifft doch jeden andern. Danke, Oberst.«

»Und nun,« antwortete dieser, »sei vernünftig und laß Dich verbinden.«

»Bekomme ich dann noch Whiskey?« fragte Seymour.

»Du sollst noch welchen haben.«

»Und eine von Ihren Cigarren, Oberst?«

»Und eine von meinen Cigarren!«

»Dann meinetwegen,« meinte der Mulatte, der willig seinen Kopf und darauf seinen Arm hinhielt. Mr. Scott hatte Verbandzeug mitgebracht. Er nahm es hervor und säuberte und verband die beiden Wunden mit der Geschicklichkeit eines alten Chirurgen, während der Militär in ihm einen ihm unverständlich gebliebenen Punkt sich zu erklären suchte:

»Wieso hast Du nicht schon gestern Abend den Fluß überschritten, Henry?« fragte er.

»Weil wir bis zur Georgetownbrücke gegangen sind, Oberst, und weil das Wasser sie fortgeschwemmt hatte. Wir konnten nur zweierlei thun: entweder wir gingen bis zu der zwanzig Meilen entfernten Brücke von Berkeley Farms oder wir kehrten zu dieser zurück. Da wir die Wege besser kannten, so haben wir die zweite Straße gewählt, und wir hatten unrecht. Aber wie konnten Sie wissen, Oberst, daß wir auf dieser Seite waren?«

»Ich wußte, daß die Brücke von Georgetown vor zwei Tagen zerstört wurde,« meinte Mr. Scott, »und ich dachte mir bald, daß Ihr so handeln würdet, wie Ihr es gethan habt. Ihr habt Euch gesagt: ›Man hält uns nicht für so tollkühn, daß wir wieder in die Nähe der Stadt kommen werden.‹ – Aber Dir, Henry, fehlte es weder an Klugheit noch an Mut ... Und kann ich noch etwas thun für Dich? Der Verband ist fertig.«

»Schicken Sie mir eine Flasche von Ihrem Whiskey ins Gefängnis,« meinte Seymour, »und bitten Sie den Sheriff, er soll sie mich austrinken lassen, bevor es mit mir zu Ende geht.«

»Sie haben es gehört,« sagte der Oberst zu mir, als wir beide nach der Stadt zurückkehrten. Unsere Gegenwart war nun überflüssig, und wir hatten die Jäger verlassen, die ihre Vorkehrungen trafen, um den Gefangenen nach Philippeville zurückzuführen. »Ja,« wiederholte er, »Sie haben es gehört. Er hat einen Löwenmut, dieser Junge, und er besitzt auch noch einige andere gute Eigenschaften. Sie haben doch gesehen, daß er nicht auf mich schoß, als er mich erkannte? ... Übermorgen wird er gehenkt werden, und sein einziger Gedanke bei dem ihm so nahen Tode ist, sich noch ein letztesmal zu betrinken... sonst nichts ...«

»War er denn immer so?« fragte ich.

»Immer,« meinte Scott; und mit ernstem Tone, in dem ein leiser Schmerz klang, fuhr er fort: »Sie haben bemerkt, daß ich ebenfalls nicht auf ihn geschossen habe, als ich ihn vor meinem Karabiner hatte, und Sie mußten es unerklärlich finden, daß ich so einem Mörder Gelegenheit gab, zu entfliehen. Das ist indessen sehr natürlich. Man hat Ihnen gesagt, ich sei sehr gut zu ihm gewesen, und ich habe Ihnen gesagt, daß dies nicht wahr wäre, wenigstens nicht in der letzten Zeit, denn anfangs hatte ich ihn allerdings sehr gern. Später war er mir widerwärtig aus einem eigentümlichen Grunde. Das ist nun bald neun Jahre her. Es war in der ersten Zeit meines hiesigen Aufenthaltes, und ich hatte noch nicht das Gut von den Chastins gekauft. Ich jagte viel, und Seymour begleitete mich stets. Ich hatte ihn zufällig in der Umgegend aufgegriffen. Ich war sehr zufrieden mit seiner Intelligenz, mit seiner Thätigkeit und auch mit seinem Charakter. Außerdem war er noch ein ausgezeichneter Kutscher. Als wir nun eines Tages in den Wald fuhren, wurden die Pferde, zwei eben erst aus Texas angekommene Tiere, scheu und gingen durch. Es war ein Weg wie dieser hier. Sie waren noch keine zweihundert Meter weit gerast, als der Wagen über einen Baumstamm stürzte, zerbrach und wir herausgeschleudert wurden. Wir standen bald wieder auf, ohne allzu großen Schaden genommen zu haben, und da die Pferde von selbst stehen geblieben waren, so machten wir uns ans Werk und brachten unser Gefährt wieder in Ordnung. Dann suchten wir meine Jagdutensilien zusammen, die im Grase ringsum zerstreut lagen. Es fehlte nur ein großes Messer, dessen ich mich zum Tranchieren bediente und das gewöhnlich in dem Riemen des Proviantkorbes steckte. Ich fange an zu suchen. Ich sage zu Seymour, daß er ebenfalls suchen solle ... Wir wühlen im Grase herum. Auf einmal, wie ich mich umdrehe, sehe ich, daß das äußerste Ende von dem Stiele des Messers inwendig aus der Weste des Burschen herausguckt. Nichtsdestoweniger kniete er ruhig auf dem Boden und stellte sich, als ob er suche. Ich rufe ihn heran und nehme ihm das Messer weg. Er beginnt zu zittern, zu weinen und sagt mir schließlich: ›Ich hab' geglaubt, Sie wären wütend auf mich, weil ich die Pferde habe durchbrennen lassen, und ich dachte, Sie würden mich töten. Da hab' ich das Messer gestohlen...‹ Er, den ich wie meinen Sohn behandelte!«

»Ich begreife, daß Sie ihn darnach nicht mehr leiden mochten,« sagte ich. »Für ein Kind von sechzehn Jahren, das Sie so gut behandelten, war dieses Mißtrauen abscheulich.«

»Nicht wahr?« meinte Mr. Scott. »Ich hätte nur bedenken müssen, daß dieser widerwärtige Verdacht ein Erbteil der Sklaverei war. Die Weißen hatten sie so furchtbar mißhandelt! – Doch diese Handlungsweise machte auf mich den Eindruck einer zu niedrigen Undankbarkeit. Ich fuhr nicht mehr mit ihm aus und sprach nur selten noch ein Wort mit ihm. Er behielt mich trotzdem auf seine Art noch gern, und ich habe dafür manche Beweise, von dem heutigen ganz abgesehen... Hat das Gefühl seiner Mißliebigkeit bei mir in ihm die bösen Instinkte entfesselt? Möglich ist das immerhin. Kurz, bald fehlte Miß Scott ein Kleinod, eine Diamantbrosche. Seymour hatte den Gegenstand entwendet, um seiner Geliebten damit ein Geschenk zu machen. – Das Laster erwacht bei ihnen eben so zeitig als die Eitelkeit. – Nun stahl er anderswo. Er wurde festgenommen, verurteilt und in Ketten gelegt. Dadurch wurde er nur noch schlechter, stahl von neuem, wurde wieder eingesperrt, entwischte, mordete. Das übrige wissen Sie... Nun wohl, ich habe immer die Überzeugung gehabt, daß, wenn ich ihn nach der Geschichte mit dem Messer bei mir behalten und seine arme Seele gerettet hätte, ich einen anständigen Menschen aus ihm gemacht haben würde. Es war ein guter Bedienter. Er hatte etwas Anmutiges und Einschmeichelndes in seinem Wesen... Aber gerade der Kontrast zwischen dieser Zutraulichkeit und seinem unerhörten Argwohn hat ihn mir verhaßt gemacht. So viel Heuchelei mit so großer Jugend vereint empörte mich... Hatte ich recht? Kurz, an alles das habe ich mich erinnert, als ich ihn da vor meinem Gewehr hatte, dem Gewehr, welches er mir so oft getragen hatte. Ich bin glücklich darüber, daß ich nicht auf ihn geschossen habe. So wird er wenigstens vor seinem Tode Zeit zur Reue finden.«

Ereignisse wie die, welchen ich soeben beigewohnt hatte, sind nichts Außergewöhnliches in Philippeville, in einer Stadt, wo man sich kaum erinnert, einmal ein Jahr zugebracht zu haben, ohne einer

Lynchjustiz beizuwohnen. Daher nahmen die Dinge alsbald wieder ihren gewöhnlichen Verlauf, und als ich am Abend dieses dramatisch bewegten Tages mir neuen Richmonder Cigarettentabak besorgte, erkannte ich in dem Händler, welcher ihn mir verkaufte, einen von jenen Reitern, mit denen ich auf der Suche nach Henry Seymour den Wald durchstreift hatte. Er priemte mit demselben unerschütterlichen Phlegma wie zuvor, und wir spielten auf unser gemeinschaftliches Abenteuer ebensowenig an, wie zwei Pariser, die sich im Klub begegnen, von dem Gruße sprechen, welchen sie im Bois de Boulogne gewechselt haben. Selbst die Zeitung brachte nicht die übertriebene Darstellung von der Verfolgung, auf die ich mich gefaßt gemacht hatte. Das liegt so im Charakter der Amerikaner: ihre gewohnte Sucht zur Übertreibung hört in dem Augenblicke auf, wo die Verhältnisse wirklich ernst und tragisch werden. Was den Obersten anbelangt, den ich gleich am nächsten Tage besuchte, so erfuhr ich, daß er in aller Frühe auf die Jagd gegangen war, während Miß Ruth sich in ihre Schule begeben hatte. Nur Mr. Williams schien einen tiefen Eindruck von dem Ereignis empfangen zu haben, denn er konnte sich nicht enthalten, mir seine unpassende Freude zu bekunden. Doch er rechtfertigte dieselbe mit dem naiven Geständnis:

»Die Leute aus Philadelphia, von denen ich Ihnen gesprochen habe, werden übermorgen hier sein,« sagte er; »ich habe ihnen soeben die Gefangennahme Seymours telegraphiert. Sie müssen die Nachricht von seiner Festnehmung zur selben Zeit bekommen haben, wie die von seiner Flucht, und sie haben mir mit dieser Depesche hier geantwortet, welche mir ihre Ankunft anzeigt... Ah! ich war sehr besorgt... Ich habe ganz vergessen, Ihnen Ihr Eintrittsbillett zur Hinrichtung zu übergeben. Seymour ist nicht so verwundet, scheint es, daß man ihm nicht morgen, Donnerstag, wie es bestimmt war, den Garaus machen sollte. Ich werde Sie die genauere Zeit noch wissen lassen. – Doch halt,« fügte er hinzu, indem er aus seiner Brieftasche ein vom Sheriff auf meinen Namen ausgestelltes Stück Papier hervorzog, das er mir zeigte: »Man hat den Titel ›ausländischer Doktor‹ darauf gesetzt, weil ich gesagt habe, Sie wären ein Arzt, der aus wissenschaftlichen Gründen (for a scientific purpose) zusehen möchte, wie jemand gehenkt wird.«

»Wie ein Mensch gehenkt wird,« murmelte ich unwillkürlich leise, als der Hotelwirt mich verlassen hatte, und ich mich allein inmitten der Halle befand, mit dem Vorzugsbillett in der Hand. Ich erinnere mich: ich zerknitterte den Papierwisch und warf ihn in eine Ecke dieses öffentlichen Lokals, um eine Schranke zu setzen zwischen die Versuchung, dem Strafakte beizuwohnen, und die innere Stimme, die mir zurief:»Du wirst nicht hingehen!« Eine Viertelstunde später kehrte ich aus meinem Zimmer zurück, um den Erlaubnisschein wieder aufzuheben. Zum Glück oder auch zum Unglück fand ich ihn noch und gab ihm wieder eine anständige Form. Von dem Augenblick an wußte ich, daß die Versuchung zu stark war und daß ich diesen Tod mit ansehen würde. Vermutlich haben alle gebildeten Menschen, die den furchtbaren Entschluß faßten, einer Todesstrafe beizuwohnen, dieselbe nervöse Erregung durchgemacht, welche mich während der folgenden Stunden befiel. Sehr mannigfaltige Stimmungen machen sich dabei bemerkbar. Zunächst Mitleid mit dem Unglücklichen, dessen Todeskampf unsere Schaulust befriedigen soll, dann Gewissensbisse, daß wir wirklich dahin gehen wie zu einem Schauspiel, ferner eine quälende Angst bei dem Gedanken an das Schreckliche des Anblicks und schließlich eine Art menschlicher Neugierde, von der ich beinahe behaupten möchte, daß sie ein edles Gefühl in sich schließt. Das Mysterium des Todes, die Verantwortlichkeit des socialen Rechts sind hinter einer derartigen Hinrichtung verborgen. Man will ihm ins Angesicht schauen, diesem Mysterium, man will es verkörpert sehen, nicht mehr bloß in dem kalten Buchstaben des gedruckten Wortes, sondern in Fleisch und Blut. Wir schauern in innerster Seele zusammen wie beim Herannahen aller tragischen und unabwendbaren Ereignisse des Lebens. Ich wenigstens hatte diese Empfindung, als ich am Donnerstag, mittags um halb eins, nach dem Gefängnis ging. Die Hinrichtung war auf zwei Uhr festgesetzt. Der Tag strahlte in so hellem, frühlingsprächtigem Glanze wie der vorige. Die Sonne brannte bereits fast unerträglich. Die Menge umstand den Verschluß von Brettern und Bäumen, der das Gefängnis umgab, und drängte sich jetzt dicht an den Zaun, um ein wenig Schatten zu haben. Dieses Menschengewühl bildete einen unheimlichen Kontrast zu einem inmitten des Weges einsam stehenden Gefährt, worauf ein ganz neuer Sarg sich befand. Das oberste Brett desselben lag auf sehr langen Nägeln, die nur halb eingeschlagen waren und deren Köpfe herausragten. Doch wer in der heiteren, geschwätzigen Menge mochte den Wagen und die Bahre betrachten? Die etwa aus zweihundert Personen und zwar zumeist aus Negern bestehende Versammlung schaute dem Tode zweifellos mit jener der Rasse eigentümlichen philosophischen Gelassenheit ins Antlitz. Die Männer und Weiber da kannten Seymour; sie kamen hin und hofften gar nicht eingelassen zu werden; sie wollten nur erfahren, wann und wie die Sache enden würde. Als ich meine Karte mit dem Erlaubnisschein des Sheriffs überreichte, hörte ich in meiner Umgebung einen ziemlich harmlosen Scherz. Der Wächter nannte beim Einführen meinen Namen, dem er den von Williams mir verliehenen Titel »Doktor« voransetzte:

»Der arme Henry!« sagte ein junger Mensch, »er braucht einen Arzt sehr ...«

Zwischen der Einzäunung und dem Gefängnis – welches letztere ein banaler Bau aus roten Ziegeln war – dehnte sich eine weite, gegenwärtig leere Fläche aus. Drei Kühe weideten auf ihr und zwei kleine Knaben spielten Schlagball. Das Alltägliche im Dasein, das man unter gewöhnlichen Verhältnissen kaum bemerkt, wirkt immer unheimlich, wenn ein Drama sich daneben ereignet. Doch war dies wirklich ein Drama? Der Anblick des Raumes, den ich im Erdgeschoß des Gefängnisses zunächst betrat, konnte mich daran zweifeln lassen. Fünf oder sechs Männer, Weiße, hielten sich dort auf. Sie rauchten und plauderten so friedlich, wie wenn der Galgen, welcher in einem kleinen und durchs Fenster sichtbaren Hofe errichtet war, gar nicht vorhanden gewesen wäre. Der große, dunkelgelbe, mit Talg eingeriebene Strick hing von einem unbeweglich drohenden Balken herab. Die Leute beachteten ihn kaum. Der, an den ich mich wandte, um die genaue Stunde der Hinrichtung zu erfahren, antwortete im Tone vollständiger Gleichgültigkeit, wie wenn er mir die Abgangszeit eines Zuges mitgeteilt hätte: »Dreiviertel auf Zwei!«

»Und warum gerade diese Zeit?« fragte ich.

»Der Verurteilte hat's so gewollt,« erwiderte der Mann. »Man hat ihm die Wahl gelassen von neun Uhr früh bis um vier Uhr nachmittags. Er hat dreiviertel auf zwei gewählt, um noch seinen Lunch zu bekommen.«

»Seinen Lunch zu bekommen?« rief ich; »aber er wird ja nicht den Mut haben, auch nur einen Bissen davon herunterzuschlucken.«

»O, der hat schon Mut,« sagte ein anderer von den Rauchern. »Sie brauchen bloß heraufzusteigen, und Sie werden sehen, ob er nicht mit ebensoviel Appetit ißt wie Sie und ich. Der Sheriff hat ihm vor kaum fünf Minuten die Schüsseln gebracht.«

Man hatte mich nicht getäuscht. Als ich die dreißig Stufen emporgestiegen war, welche zum ersten Stock führten, und mich vor der Zelle Seymours befand, sah ich durch die Eisenstäbe hindurch ihn mit dem Verbande des Obersten in einer Ecke liegen. Er nahm aus den Händen eines alten Mannes eine Schüssel mit Bratfischen, eine zweite mit Kuchen und ferner eine Flasche Wein. Der alte Mann, der ihm das Essen reichte, war derselbe, welcher ihn alsbald henken sollte, der erste Beamte der Stadt und kraft dieses Titels mit den Funktionen des Henkers betraut. Sein längliches und rauhes Gesicht war mit einer Haut bedeckt, die sich am Halse zu Falten runzelte, welche so hart wie Schuppen schienen. Seine rote Gesichtsfarbe, seine blauen Augen, sein gelblich weißes Haar, bildeten einen ergreifenden Kontrast zu dem sonnengebräunten Antlitz, dem langen dunklen Lockenhaar, den pechschwarzen Augen des Mulatten, ebenso wie seine steife Würde zu den behenden, schlangenartigen Bewegungen, die Seymour noch bis zum letzten Momente bewahrte. Ich hatte nur noch Augen für diesen Banditen, dessen letzte Stunde geschlagen hatte, den ich mit übermenschlicher Tapferkeit sein Leben verteidigen gesehen hatte und der jetzt den Bratfisch der Henkersmahlzeit mit so erstaunlicher Genußfähigkeit verzehrte. Mit dem einen Arm, der wie seine Stirn verwundet und verbunden war, hielt er auf den Knien die Schüssel; mit dem andern riß er die Stücke von dem Essen los. Ich sah seine behenden Negerfinger geschickt die Fischreste ablösen. Die Gräten knackten zwischen seinen weißen Zähnen. Die große Schüssel, die man ihm gereicht hatte, wurde immer leerer. Als er die letzte Krume heruntergeschluckt hatte, wandte er sich zu mir, und da er offenbar meine Aufmerksamkeit gewahrte, sagte er lächelnd:

»Ich will meinen Bauch voll mit Fisch da 'rauftragen. – I will carry with me a belly full of fish, where I go!«

Er erblickte darauf eine Flasche, welche schwarzen Kaffee enthielt. Er trank bedächtig mehrere Schluck davon, nahm darauf einen Teller mit Süßigkeiten und leerte ihn mit demselben langsamen Wohlbehagen. Der Sheriff pfiff jetzt eine Melodie, in der ich den Westpointer Kadettenmarsch erkannte. Ich sah, wie er über ein Paket gebeugt, ein neues Hemd und einige Knäuel Bindfaden herausnahm. Menschen kamen und gingen im Korridor. Sie wechselten mit Seymour einige Worte und riefen »Henry« in einem Tone, der weder mitleidig noch verächtlich klang. Nun erschien auch Oberst Scott und zwar in demselben Augenblick, als der Sheriff dem Verurteilten das neue Hemd, in dem er hingerichtet werden sollte, überwarf. Der braune Leib des Unglücklichen ähnelte in seiner muskulösen Magerkeit dem einer Bronzestatue. Obwohl der verwundete Arm ihn in seinen Bewegungen behinderte, so ließ sich doch in jeder Muskelbewegung die behende Geschmeidigkeit einer wilden Katze erkennen, und der unversehrte Arm, die Schultern, die Brust waren wunderbar modelliert. Das kräftige, so gesunde und so junge Fleisch, dessen Stunden gezählt waren, erbebte in leichtem Schauer bei der Berührung mit der frischen Leinwand. Mr. Scott folgte, ohne ein Wort zu reden, mit den Blicken jenen Vorbereitungen. Bei seinem Kommen hatte er mir die Hand gedrückt und hatte sich ebensowenig darüber gewundert, mich hier zu treffen, als ich ihn. Als Seymour sich Gesicht und Hände gewaschen, sein Haar gekämmt und von selbst die Arme auf den Rücken gelegt hatte, damit der Sheriff sie bände, fragte der Oberst den letzteren:

»Wollen Sie mich mit Henry einige Minuten allein lassen?«

»Ja, Oberst,« sagte der alte Mann und sah auf seine Uhr. »Wir haben die Geschichte auf dreiviertel vor zwei festgesetzt, und jetzt ist es noch nicht halb zwei...«

»Ich danke,« versetzte Mr. Scott, »wir werden es kurz machen.«

Als der ehemalige Herr in die Zelle des ehemaligen Dieners eintrat, kam mir ein romantischer Gedanke. Ich erinnerte mich unseres vorgestrigen Gesprächs und bildete mir plötzlich ein, daß er dem Verurteilten Gelegenheit geben wollte, dem Galgen und den Todesschmerzen zu entgehen, indem er ihm eine geladene Waffe oder ein schnell wirkendes Gift reichen würde. Ich hatte den Getreuen des Präsidenten Lincoln, den letzten mystischen Sproß eines Geschlechtes begeisterter Christen, in falschem Verdacht. Kaum hatte sich das Gitter wieder hinter ihm geschlossen, so war der Oberst ohne Scheu vor den Leuten, die ihn sehen konnten, auf den Steinfliesen ins Knie gesunken. Er half Seymour, ein Gleiches zu thun, und nun begann er: – »Vaterunser...« – »Vaterunser...« wiederholte der Mulatte – »... der du bist im Himmel, dein Wille...« – »... der du bist im Himmel, dein Wille...« Und so ging es weiter. Der Oberst sprach die Sätze des Gebetes mit kräftiger Stimme. Der andere wiederholte sie im leisen, lispelnden Tone eines Kindes. Selbst in der Haltung offenbarte sich die Verschiedenheit der beiden Wesen. Mr. Scott hielt sich gerade und aufrecht in den Knieen, Seymour geduckt und zusammengekauert. Letzterer versprach sich bisweilen. Dann begann der Oberst von neuem langsamer und deutlicher mit der Geduld eines Lehrers, der nachsichtig einen Schüler lehrt. Und manche seiner Formeln klangen gar seltsam unter diesen Umständen und zu dieser Stunde... »Und führe uns nicht in Versuchung...« Ich weiß nicht, wie es kam, aber als ich hörte, wie der arme Teufel, dessen ganze Aussicht der schmale Hof mit seinen hohen Mauern und seinem Galgen bildete, diesen Satz nachsprach, da erinnerte ich mich an den seichten Scherz eines sterbenden Vaudevilledichters. Man fragte ihn: »Was hat Ihnen der Priester gesagt?« – »Ach!« meinte er, mit dem Tode ringend, »er hat mir gute Ratschläge gegeben. Hätte er mir übrigens schlechte gegeben, ich wäre außer stande gewesen, sie zu befolgen...« Nicht als ob Mr. Scott unrecht damit gehabt hätte, den Banditen das heiligste aller Gebete stammeln zu lassen. Für mich, der ich diese Worte in dieser Weise hörte, hatten sie einen ganz bestimmten Sinn. Für Seymour hatten sie einen solchen zwar nicht, aber indem dieser sie dem Obersten aus Gehorsam nachsprach, bewies er zum letztenmale seine Anhänglichkeit. Der durchaus physische und fast tierische Mut, welchen er vorhin beim Essen gezeigt hatte, wurde nun durch einen gewissen Zug von Idealismus geadelt. Er wollte nicht mit vollem Wanste bloß dahingehen, wie er vorhin gesagt hatte. Er legte auch Wert darauf, versöhnt mit dem einzigen Wesen, das ihm von Kind an gutes gethan und ein wenig Achtung eingeflößt hatte, aus der Welt zu scheiden.

Ich zog mich in den Hintergrund des Korridors zurück, denn ich setzte voraus, daß die beiden Männer intime Angelegenheiten miteinander zu besprechen hatten. Seymour war verheiratet. Seine

Frau und seine beiden Kinder lebten. Ich hatte es von dem Hotelier erfahren. Obwohl sie sich gehütet hatte, zu erscheinen, konnte er ihr doch einen Scheidegruß senden wollen. Ich dachte daran, mit welch erstaunlicher Gleichgiltigkeit dieser Mulatte aus dem Leben ging, einem Leben, an dem er dennoch hing, da er sinnlich, lasterhaft und energisch war. Ich sagte mir: Welch eine Ironie liegt doch darin, daß ein Mensch von dem Schlage, ein Orangutan, der die Fähigkeit besitzt, eine Flinte zu handhaben und zu sprechen, im Handumdrehen sich die Philosophie erwirbt, die wir als die reifste Frucht des Denkens betrachten: die Fügung ins Unvermeidliche. Ich erinnerte mich an einen meiner Lehrer, den größten Denker der Zeit, mit dem ich zwei Jahre vor seinem Tode, im Herbst, durch einen Wald ging. »Ich versuche, sterben zu lernen, indem ich diese Bäume betrachte, welche es sich ruhig gefallen lassen, daß sie ihr Laub verlieren,« sagte er zu mir. »Und doch, wie ist das bitter!...« Ich fragte mich, ob der Mut dieses unerschrockenen Seymour nicht doch etwa Prahlerei wäre und ob er bis ans Ende standhaft bleiben würde. Mich verlangte auch zu wissen, was der Oberst fühlte und empfand, ob er bereits früh schon dagewesen wäre oder ob er sich damit begnügt hatte, erst im letzten Augenblicke zu erscheinen und zu befehlen, daß der Verurteilte noch einmal bete. Wollte der Puritaner seine Gewissensbisse beschwichtigen, von denen er mir gesprochen hatte? Das eine steht jedenfalls fest: Als er aus der Zelle heraustrat und auf mich zukam, glänzte eine ernste Freudigkeit auf seinem martialischen Antlitz.

»Er wird gut sterben,« sagte er schlicht, »und Sie werden sehen, wie alle diese Leute das empfinden werden.«

Er hatte bei diesen Worten nach einem geöffneten Fenster hingewiesen, welches auf den Hof hinausging und durch das ein immer lauter werdendes Getöse heraufdrang. Die vierzig Personen, denen der Sheriff, wie uns, die Erlaubnis gegeben hatte, der Hinrichtung beizuwohnen, hatten sich während der letzten Viertelstunde dicht um das Schafott gedrängt; diese Leute lachten, plauderten, pfiffen. Wir traten ans Fenster und wir konnten sehen, daß die schlimmsten Habitues der » saloons« von Philippeville, vermutlich auch die Rädelsführer bei den Wahlen, sich daselbst ein Rendezvous gegeben hatten. Die Neger waren vorherrschend. Sie zeigten ihre vom Trunk entstellten Galgenphysiognomien. Sie blickten zu dem offenen

Fenster empor und begrüßten uns mit ungeduldigem Geschrei. Eine Gruppe weißer Riesen mit hellem Haar und hämischen Gesichtern, welche priemten oder Pfeife rauchten, begannen uns auszuzischen. Als sie Mr. Scott erkannten, schwiegen sie. Es war dies ein Spitzbubengesindel, auf welches indessen die Seelenstärke des Delinquenten bereits den von dem ehemaligen Herrn vorausgesagten Eindruck zu machen anfing. Obschon wir am Fenster standen, so hörten wir deutlich, wie der Sheriff die Worte sprach, die uns veranlaßten, uns umzudrehen.

»Bist Du bereit, Henry?«

»Ja, Kapitän,« antwortete der junge Mensch. »Geben Sie mir nur diese Cigarre und zünden Sie sie an.« Der alte Mann steckte ihm eine halbe Cigarre zwischen die Lippen, die auf einem hölzernen Vorsprung in der Zelle sorgfältig aufgehoben worden war. Die erste Hälfte von dieser Havanna, die ein mitleidiger Besucher geschenkt hatte, hatte Seymour vorzüglich geschmeckt, und er hatte die zweite Hälfte aufbewahrt, um sich kurz vor dem Tode noch einmal den angenehmen Genuß zu verschaffen. Diese letzten Rauchwolken, die er beim Hinabsteigen der Treppe aus seinem Munde blies, waren sein Abschied vom Leben – von seinem Leben. Als die Thür des Hofes sich öffnete und er das Schafott erblickte, fiel ihm die Cigarre aus dem Munde. Diese Erregung war das einzige Zeichen von der Ergriffenheit des Mannes. Er gewann im übrigen sofort seine Selbstbeherrschung wieder und stieg die hölzernen Stufen rasch empor, ohne daß seine nackten Füße zitterten. Seine Haltung war so fest, so schlicht und eine trotz der Schande der Strafart so völlig würdige, daß tiefes Schweigen unter den rohen Zuschauern entstand. Unterhalb des unheilverkündenden Strickes, der unbeweglich herabhing, war ein frei schwebendes und an der einen Seite mit Lederriemen am Schafott angebrachtes Brett befestigt. Auf der anderen Seite hing es an einem Scharnier an den beiden Balken des Galgens. Seymour trat auf das Brett. Der Sheriff band ihm Beine und Füße fest, legte ihm die Schlinge um den Hals und zog sich, nachdem er ihm das Gesicht mit einem schwarzen Schleier verhüllt hatte, auf die Plattform des Schafotts zurück, um ihn zu fragen: »Was hast Du noch zu sagen, Henry?«

»Nichts, Kapitän,« antwortete der Verurteilte, ohne daß der schwarze Schleier sich bewegte; so sehr war der Mensch gewillt, sich ruhig zu zeigen.

»Sag: ›Herr, gedenke meiner in Deinem Reiche,‹« rief mit kräftiger Stimme neben mir der Oberst.

»Herr, gedenke meiner in deinem Reiche,« wiederholte lispelnd der Mulatte. Und sodann fuhr er nach kurzem Schweigen fort: »I am all right now;« und mit Festigkeit sagte er, sich zum Sheriff wendend: »Good bye, captain, good bye, everybody.« Noch einmal, diesmal sanfter, ertönte seine Stimme: »Good bye, colonel!«

Wir alle antworteten instinktiv: »Good bye, Henry!« Lauter als die anderen rief der Oberst: »Good bye, my boy... good bye, my boy!« – In diesem Augenblicke zerhieb mit einem Beile der Sheriff die Ledergurten, welche das Brett festhielten. Es fiel unter den Füßen des Delinquenten hinweg, der um Leibeslänge hinabstürzte. Ich gestehe, daß ich mich umdrehte, um das Schreckliche nicht zu sehen. Als ich wieder hinblickte, hing der Leichnam am Ende des straffen Strickes schlaff herab! Auf den Gesichtern der Zuschauer lag ein eigentümlicher, unbeschreiblicher Ausdruck. Alle schwiegen, während draußen jetzt dasselbe Geschrei, dasselbe Pfeifen und Lachen hörbar ward, das Mr. Scott und mich bereits im Innern des Gefängnisses angewidert hatte. Es war die Menge von der Straße, der man die Thüren der Umfriedigung öffnete, damit sie den Leichnam sehen und den Tod feststellen konnte.

»Verhalten Sie sich ruhig, meine Herrschaften,« schrie der Sheriff mit einer Stimme, welche den Lärm übertönte. »Der Arzt will hören, ob das Herz noch schlägt.«

Ein Mensch mit jovialem Gesichtsausdruck stand auch wirklich auf dem Schafott. Er hatte den Gehenkten zu sich herübergezogen und sein Ohr an dessen Brust gelegt. Einige Minuten nach dieser letzten Auskultation rief er: »Es ist aus!« und ließ den Delinquenten wieder los. Der Sheriff hielt den hin und her schwebenden Körper im Vorbeigehen an und mit dem Phlegma eines Packträgers, der von seinem Koffer spricht, sagte er: »Jetzt muß ich den Leichnam abnehmen.« Der alte Mann ergriff darauf sein Beil. Mit einem Hieb durchschlug er den Strick gerade über dem immer noch verschleierten Kopfe. Vier Männer, die ihm freiwillig Hilfe leisteten, nahmen die Last auf die Arme und trugen sie nach dem Sarge, während die anderen Zeugen des letzten Aktes von diesem Drama, die nach der Beseitigung der sterblichen Hülle Seymours ihre wahre Natur wiederfanden, sich um die Stücke des Strickes und um die Lederriemen balgten. Der Oberst und ich eilten schnell von diesem schrecklichen Treiben fort; er sagte zu mir:

»Ich kann Ihnen leider nicht anbieten, Sie in meinem Wagen nach dem Hotel zurückzufahren. Ich habe meiner Tochter versprechen müssen, so schnell als möglich heimzukommen, damit sie wisse, ob der arme Junge vor dem Tode noch einmal gebetet hat. Seit achtundvierzig Stunden befindet sie sich in großer Aufregung. Es ist doch ein Trost für uns, daß er bereut hat und gerettet ist ...«

*

Memoiren eines Cowboy

Als ich eines Tages in den Räumen der Chicagoer Weltausstellung spazieren ging, wurde ich plötzlich von jemand am Arme gepackt. Ich drehe mich erstaunt um und – siehe da – einer der größten Pariser Ärzte steht vor mir. Überall hätte ich den Mann eher vermutet, als gerade in Chicago: etwa in seiner prächtigen Wohnung auf dem Boulevard Haußmann, in seiner Klinik im Hospital Lariboisière oder in seinem Universitätslaboratorium. Der offizielle Vorwand eines Hygienekongresses hatte ihn bestimmt, über den Atlantischen Ocean herüberzukommen, um einmal diese amerikanische Civilisation, die bei uns zu Hause Gegenstand so vieler humoristischer Kommentare ist, mit eigenen Augen zu sehen. Mit zwei Worten klärt er mich über seine Reise auf und stellt mir einen großen Burschen von etwa 25 Jahren, ebenfalls Franzose, vor, der ihn begleitete und den ich nach seinem hageren, glattrasierten Gesicht, seiner etwas steifen Haltung und seinem sicheren Blick für einen Offizier in Civil hielt. Keine fünfhundert Schritt war ich mit meinen beiden Landsleuten gegangen, so empfand ich auch schon ein lebhaftes Interesse für den jungen Mann. Hatte ich doch eben vom Doktor gehört, daß in unserem Landsmann einer jener kühnen Abenteurer des Westens leibhaftig vor mir stand, wie es schon seit Wochen mein sehnliches Verlangen gewesen, einen kennen zu lernen. – Ich werde den jungen Mann so nennen, daß sein Wunsch, anonym zu bleiben, respektiert wird. Er soll Herr Barrin-Condé heißen; die kleine Ungenauigkeit wird den folgenden Blättern nichts von ihrem dokumentarischen Werte rauben, ebenso wenig wie die paar willkürlichen Änderungen, die ich aus demselben Grunde bei drei oder vier Details von sonst allzu persönlicher Art vornehme.

Also Herr Barrin-Condé hatte Frankreich vor vierzehn Jahren verlassen, um einen ranch in den Rocky Mountains zu gründen. Dort hatte er acht Jahre hintereinander gelebt. Ein Karneval führte ihn während dieses Exils zufällig nach Toronto in Kanada, wo er ein junges Mädchen kennen lernte, in das er sich verliebte. Um sie zu heiraten, gab er sein bisheriges Leben auf, liquidierte seine Ansiedelung in Nord-Dakota und faßte Wurzeln in der Heimatstadt seiner

Braut, jetzt seiner Frau. Dort gründete er eine Dampfschiffahrt-Gesellschaft, die er mit eben derselben Einsicht und Energie leitete, wie vorher seinen ranch, und die gar bald den hauptsächlichsten Handel der großen Seen an sich brachte.

Den ganzen Tag wich ich dem Doktor und seinem Gefährten nicht von der Seite. Ich konnte nicht müde werden, letzteren über sein Leben in Fer de Lance, – so nannte sich sein ranch nach dem Zeichen, das man den Pferden einbrannte – über die Leute, mit denen er dort zusammengelebt, über ihre Sitten, über ihre und seine eigenen Ideen auszufragen. Er antwortete mir ruhig, schlicht, mit jener Prägnanz des Ausdruckes, wie sie Männern der That eigen ist. Es lag in seinem Benehmen etwas von jener urwäldlichen Würde, wie sie Cooper seinem Lederstrumpf verliehen hat. Aber ein Lederstrumpf war das, der um unsere Litteratur Bescheid wußte, der trotz seines rauhen Lebens sorgsam darauf gehalten hatte, seine geistigen Kräfte nicht in Verfall geraten zu lassen. Ich entsinne mich, daß wir diesen Tag, der meinerseits nur ein langes Ausfragen, seinerseits nur ein langes Antworten gewesen war, durch den Besuch eines der großen Theater in Chicago beschlossen. Der Zufall mußte es fügen, daß der »Tartüffe«, und zwar von Coquelin und seiner Truppe, gespielt wurde. Ich war auf mein Vaterland stolz gewesen, als ich mit Herrn Barrin-Condé plauderte, ich war neuerdings stolz, als ich dieses wundervolle Stück so spielen sah, wie es gespielt wurde – obwohl vor einem nur halb gefüllten Saal und was für Zuschauern! Fast alle folgten der Komödie mit der Übersetzung in der Hand, und in der nämlichen Sekunde hörte man die Blätter all der Büchlein auf einmal sich umwenden. Aber was machte sich Coquelin daraus? Der große Künstler schien gar nicht zu wissen, daß überhaupt ein Publikum existierte. Offenbar spielte er nur für sich selbst, mit all der peinlichen Sorgfalt seiner Kunst, wie er sie auf der Bühne der Rue de Richelieu und bei seinen Debüts nicht besser entfaltet haben würde.

Obgleich der Doktor und ich das Stück schon an die dreißigmal gesehen hatten und wenigstens zehnmal Coquelin in der Rolle, waren wir von diesem Dialog, von diesem Spiel wie bei der ersten Vorstellung ergriffen. Was den »ehemaligen cowboy von Fer de Lance« – wie er sich selbst nannte – betraf, so verhielt sich der während der ganzen Dauer der Vorstellung, die Zwischenakte inbegriffen, ganz schweigsam. – »Sie wissen gar nicht,« sagte er beim Hinausgehen zu uns, während wir zu Fuß die Michigan-Avenue aufsuchten, »nein, Sie wissen gar nicht, wie schmerzlich man eine solche geistige Anregung durchs Theater vermißt, wenn man, wie ich Jahre lang in der Wildnis gehaust hat, und was solch ein Abend wie der heutige für mich wert ist ... Übrigens«, fügte er hinzu und wandte sich zu mir, »Sie fragten mich heut nach Tisch, ob ich nicht die Eisenbahnzüge im Westen auch ein wenig mit ausgeplündert hätte, und ich bin Ihnen die Antwort schuldig geblieben ... Nun, ich habe mit meinen Freunden in der That einmal nichts Geringeres versucht, als eines Tages, oder vielmehr eines Nachts, aus einem der großen Kontinental-Expreßzüge raten Sie, wen? zu entführen ... niemand anderes als die Sarah Bernhardt ... Sie hat übrigens niemals etwas davon erfahren ...«

»Und wie viele waren Sie zu dem Handstreich?« fragte ich.

»O, nur sehr wenige; aber stellen Sie sich nicht etwa vor, daß es gar so schwierig sei, einen dieser großen Züge anzuhalten. Kaum war der famose Plan überlegt, so schritten wir zur Probe – wie man im Theater Probe hält. Gestatten Sie mir den Ausdruck, da es sich ja um eine Königin des Theaters handelt. Wir hatten in Erfahrung gebracht, daß Sarah in einer Woche nach Green River im Territorium Wyoming reisen würde. Nun wollten wir wissen, ob es möglich sei, den Zug lange genug zum Stehen zu bringen, um unsere Entführung zu bewerkstelligen. Wir waren elf Reiter round up, wie man dort sagt, alle gut beritten, alle von jener leidenschaftlichen Liebe zur Gefahr beseelt, wie sie so leicht überschäumende Jugendkraft verleiht. Am hellerlichten Tage postierten wir uns an einer Stelle, wo die Bahnlinie solche Kurven beschreibt, daß der Expreßzug nur sehr langsam fahren konnte. Jetzt erscheint er. Einer von uns sprengt sofort, während er seinen Pony mit den Knieen lenkt und den Karabiner auf den Zugführer anlegt, an die Lokomotive heran. Ich mache es auf der anderen Seite ebenso. Der Zugführer hält an. Unsere Kameraden springen von den Pferden und schreiten unter dem Rufe »hands up!«, den Revolver in der Faust, den ganzen Zug ab, von einem Ende zum anderen. Es war ein tollkühner Streich, wobei wir in schmähliche Verlegenheit geraten konnten, hätte sich im Zug ein beherzter Mann gefunden, der seinerseits die Waffe gegen uns zog. Glücklicherweise fand sich keiner. Während nun die erschreckten Reisenden schleunigst ihre Felleisen öffneten, um die Freiheit zu erkaufen, hatten die vermeintlichen Banditen schon wieder die Pferde bestiegen und ihre Flinten oder Pistolen in die Lust abschießend, waren sie sämtlich davon gesprengt ...«

»Und die Polizei?« fragte ich.

»Die bestand«, so versetzte Herr Barrin-Condé »aus einem Sheriff, der achtzig Meilen von da entfernt wohnte. Ich glaube fast, er amtiert noch immer. Und dann waren wir ja maskiert oder hatten uns doch wenigstens Schnupftücher vors Gesicht gebunden; 's ist ja doch alles wahrhaft abenteuerlich in diesem Westen, und das scheint wiederum so natürlich, wenn man in diesem Leben mitten drin steht.«

»Obwohl nun das Experiment geglückt war, begriffen wir wohl, wie gefährlich es war; ich habe das vorhin angedeutet. Wir wollten uns ja doch nur einen Scherz machen, den zu qualifizieren ich Ihnen überlasse, wir wollten nicht riskieren, zu töten und getötet zu werden. So beschlossen wir denn, Sarah Bernhardt auf dem Bahnhofe selbst zu entführen. Ihr Zug sollte in Green River gegen 11 Uhr 50 Minuten halten. Wir mußten in ihr Koupé einbrechen, sie gewaltsam herausreißen, in einen buggy (Einspänner) setzen und im Galopp mit ihr auf und davon eilen. Einige von den Unsrigen sollten unsere Flucht mit ihren Revolvern decken. Einer von uns, ein gewisser Sarlat, jetzt Kapitän bei den Afrikanischen Jägern, hatte es übernommen, auf der vorhergehenden Station in den Zug zu steigen. Es war vereinbart, daß er an der Thür des Salons, worin die große Schauspielerin sich befand, ein Taschentuch schwenken sollte, denn es mußte schnell und sicher zu Werke gegangen werden. Solches Vorgehen ist in einem Dorfe immer etwas gefährlich. Er trennte sich also von uns, wie abgemacht. Wir anderen, zu Pferde um den buggy geschart, warteten geduldig am Bahnhof. Hätten Sie die Reden gehört, die wir dort führten, Sie würden vielleicht zugeben, daß der unsinnige Handstreich eigentlich mehr als naiv war. Zweifellos würde unsere Besucherin sich verteidigen, sie würde einen Nervenanfall bekommen. Wir würden sie binden müssen, aber einmal im ranch, würden wir durch respektvollste Haltung Pardon für unsere Brutalität zu erlangen wissen. Sie sollte wie eine Kaiserin aufgenommen werden. Wir würden Verzeihung erhalten und würden uns auf einige Tage in die französische Heimat versetzt fühlen, indem sie uns auf unsere Bitten die schönsten Stellen aus ihrem Repertoire vortrüge. Der Zug kam erst um Mitternacht. Wir sehen Sarlat ohne Taschentuch in der Hand aus dem Zuge steigen. Sarah Bernhardt war eine Stunde früher im Expreßzuge von Salt Lake City weggefahren!«

Diese außerordentliche Geschichte war so natürlich erzählt worden, ließ so eigenartige Sitten erkennen, bekundete beim Erzähler ein so seltsames Gemisch feinfühliger Civilisation und wilden Lebens, daß ich nicht eher Ruhe hatte, als bis ich ihm das Versprechen abgenommen, mir seine Notizen über seinen Aufenthalt in Fer de Lance zu senden – sein Tagebuch, falls er eines geführt, zum allermindesten einige Erinnerungen. Er versprach's, aber mehrere Wochen vergingen, ohne daß ich die erbetenen Blätter, noch irgend eine Nachricht von dem jungen Manne erhalten hätte. Er war nach Hause zurückgekehrt und ich selbst setzte meine Reise durch die gewaltige Republik weiter fort. Ich war überzeugt, die auf so unerwartete Weise in Aussicht gestellten Dokumente würden mir überhaupt nicht mehr zugehen. Sie gingen mir aber doch zu, als ich gar nicht mehr darauf rechnete. War es nun das Vergnügen über diese angenehme Enttäuschung? War es wirklich die originale Würze dieser Mitteilungen? Sie schienen mir wert, so wie sie waren und ohne Kommentar veröffentlicht zu werden. Welche Analyse vermöchte auch das Zeugnis des Mannes der That zu ersetzen, der das erlebt hat, wovon er spricht, der es nicht aus Büchern hat, wie ein Gelehrter, selbst nicht von einer Exkursion her, wie sie der Reisende unternimmt und die doch immer Dilettantismus bleibt, sondern der es im Ernste des Lebens an sich erfahren hat? Möglich auch, daß der Ort, wo mir das Paket mit dem Poststempel Toronto zugestellt wurde, mich für das Pittoreske in diesen Blättern empfänglicher stimmte. Im Oktober war's in einem friedsamen Hotel, das verlassen zwischen dem fallenden Laubwerk am Ufer der Niagarafälle liegt, die trotz der Deklamationen der Führer eines der erhabensten, eines der ergreifendsten Schauspiele dieser Welt bleiben. Alles, was die Menschen in der Umgebung der Fälle an Brücken, Treppen, Balustraden zu bauen vermocht haben, all die Fußwege, die sie angelegt, all die Affichen, die sie angeklebt haben – es hat alles das die jungfräuliche und wildromantische Schönheit der beiden riesigen Kaskaden nicht berührt. Wie gern hab' ich ihr langsames, fast unmerkliches Hingleiten gehabt – den monotonen Fall des gewaltigen Stromes über den Felsengrat, der einen scharfen rechten Winkel bildet: Wie hab' ich ihr tiefes Klagen, ihr seufzendes Tosen – so viel Traurigkeit in solcher Machtfülle – geliebt, und den zarten Dunst, jene Wolke feuchten Weihrauchs, die über dem untersten Falle schwebt und sich durchsichtig weiß über der imposanten meergrünen Masse erhebt! Wie hab' ich auch zur Herbstzeit die Wälder von Great Island gern gehabt, die ganz in Gold prangten, in denen kein Vogel sang und wo allein jenes Schluchzen ertönte, um das unwiderrufliche Ende des Sommers zu verkünden – ein Symbol des unerbittlich dahinfließenden Lebens! Und während ich dann die durch Reklame entstellten Boskets durchstreifte, bedauerte ich das Hiersein des weißen Menschen, des Civilisierten, der mehr zerstört als die Wilden. Ich dachte an jene paar grausamen, aber schlichten Indianer, jene gelben, tätowierten Krieger, welche die Natur respektierten, sie nicht verstümmelten. Ich verwünschte die Kulturmenschen, da sie in der wundervollen Landschaft Fabrikschlote errichtet hatten, die ihren schwarzen Rauch gen Himmel bliesen, schmiedeeiserne Türme, zu welchen Fahrstühle emporführten. Ich empfand das Bedürfnis, in dieser Größe atmenden Umgebung die Erinnerung an eine freiere, kühnere und der geheimnisvollen und tragischen Schönheit dieses breiten Stromes, der sich mit einem Male in den Abgrund stürzt, mehr angemessene Existenz wachzurufen. Die Memoiren des abenteuerlichen Ansiedlers von Fer de Lance harmonierten ohne Zweifel mit solchem Bedürfnis. Während ich sie kaltblütig wiederlese, denke ich gleichwohl, sie hätten der begleitenden Nebenumstände entbehren können, und ohne Zögern kopiere ich sie, ohne, wie ich eben schon sagte, fast irgend etwas daran umzumodeln. Vielleicht wird gerade die Zusammenhangslosigkeit der Umstände, unter denen mir diese Blätter zugingen, ein ziemlich getreues Bild von dem liefern, was das amerikanische Leben tatsächlich chaotisches und zusammengewürfeltes an sich hat. Man sieht vor einem Barbaren-Publikum Molieresche Stücke von genialen Schauspielern dargestellt, ein paar Schritte weiter werden in einem anderen Theater von englischen Schauspielern Shakespearesche Stücke gespielt. Man stößt im Mengengewühl auf Farmer aus Kansas und auf Pariser im bunten Durcheinander. Man fährt im Pullman-Wagen nach einsamen Gegenden, die Chateaubriand gefeiert hat und alle diese im tollen Wirrwarr aneinanderdrängenden Eindrücke gruppieren sich schließlich um Memoiren, welche ein ehemals in irgend einer kleinen Stadt der französischen Provinz in Garnison stehender Einjährig-Freiwilliger von seinen Abenteuern giebt, die er in einem entlegenen Thale der Rocky Mountains erlebt hat.

*

»Meine Familie stammt aus Florenz, von wo sie um 1270 mit mehreren anderen ghibellinischen Familien nach der Dauphiné auswanderte. Wir nannten uns damals Barberini – ohne daß wir jemals mit den vornehmen Römern dieses Namens irgend etwas gemein gehabt hätten. Aus Barberini wurde Barberin, dann Barrin. Wie? das weiß ich nicht. Um die Wende des 17. Jahrhunderts vereinigte ein gewisser Raymond Barrin eine Truppe junger Leute, um einige Räuber zu vertreiben, welche die Franche-Comté unsicher machten. »Er hat sich wie ein Condé geschlagen,« sagte man allenthalben. Dieser heroische Spitzname ist ihm und ist uns verblieben. Kommt das nun daher, daß wir zuviel von diesem Vorfahren haben erzählen hören, dessen Vornamen ich trage? Oder ist er das Erbteil eines unruhigen und thatendurstigen Geschlechts? Jedenfalls habe ich schon als Jüngling von Abenteuern geträumt. Als ich das Regiment verlassen hatte und wieder ins Vaterhaus zurückgekehrt war, mit der einzigen Aussicht, dort in müßiger Thatenlosigkeit alt zu werden, da wurde mir die Furcht vor einer solchen Zukunft einfach unerträglich. Ich liebte die Meinen gleichwohl, liebte das elterliche Haus, die Dauphiné, ihre rauhen Berge, ihre frische, klare Luft, ihre Landschaften, ihren Dialekt und besonders, was sie mir von der Vergangenheit bot. Ich bin immer ein Mensch gewesen, der für die Vergangenheit schwärmte, ein frommer Mensch in jeglichem Sinne, den man diesem Wort geben könnte. Man hätte mich am Tage vor meiner Abreise nach den Vereinigten Staaten sehen können, wie ich den Kirchhof meines Dorfes betrat, an unserem Familiengrabe niederkniete und dort Kieselsteine auflas. Ich bewahre sie noch. Nichts jedoch konnte gegen jenen verzehrenden Thatendrang aufkommen, der mich, so jung noch, über das Meer trieb. Hinzufügen muß ich, daß es mir, dem Royalisten aus Tradition und aus Überzeugung, als ein Verrat erschienen wäre, der Republik in irgend einem beliebigen Amte zu dienen, daß ich keinerlei Kenntnisse des Handels besaß, daß es mir an Kapital fehlte, ein Geschäft zu betreiben, und daß es meinem Stolze widerstrebte, mich nach einer Ehe mit einer reichen Erbin umzusehen. Was anderes thun, als es einmal mit der neuen Welt versuchen, zu der mich eine sonderbare Ahnung schon immer hingezogen? Kurz, im November 188. lief mein Militärjahr ab. Im Dezember war mein Entschluß gefaßt: ich wollte in Amerika mein Glück versuchen. Im Februar schiffte ich mich in Liverpool ein mit einem meiner Jugendfreunde, einem Engländer, dem Hononrable Herbert V***, den ich vermocht hatte, mich zu begleiten. Wir führten vier Zuchthengste mit uns: zwei Percherons und zwei Araber, sowie zu unserer Bedienung meinen Burschen vom Regiment. Ein kleines Gestüt in den Black Hills, den Schwarzen Bergen von Dakota, wollten wir züchten. Zu diesem Zwecke hatten wir uns bereits mit einem ranchman jener Gegend, namens Johnson, in Korrespondenz gesetzt. Der Beistand dieses Mannes, den die Eltern Herberts zufällig kannten, unsere vier Pferde und ein Wechsel von 30 000 Franken bildeten unser Einlagekapital. Unsere Jugend und unsere Thatkraft darf ich freilich nicht vergessen. Gar viele haben unter weit ungünstigeren Umständen angefangen.

Der Dampfer, den wir aus Sparsamkeitsrücksichten gewählt hatten, ging bei günstigem Winde als Segelschiff, so daß wir volle siebzehn Tage brauchten, um New-York zu erreichen. Die Überfahrt war ziemlich stürmisch, aber ich leide nicht an der Seekrankheit. Da ich einerseits meinen Kameraden und meinen Burschen, die alle beide schwer krank wurden, anderseits meine Pferde zu pflegen hatte, so behielt ich nicht allzuviel Muße übrig, mich melancholischen Betrachtungen hinzugeben, wie sie einem wohl kommen, der in die Verbannung geht. Zum erstenmale packte mich das herzzerreißende Gefühl der Heimatlosigkeit in dem Getümmel der großen amerikanischen Stadt, inmitten jener Menge, deren Sprache ich nicht verstand, und die ich vom ersten Augenblick an als so schroff, so feindselig und vor allem so verschiedenartig empfand. Wir waren auf den Rat des Schiffskapitäns in Brooklyn ausgestiegen, um gute Pferdeställe in der Nähe der Eisenbahn zu haben. Einige Tage verwandten wir darauf, die Stadt zu besichtigen, die mir mit ihren eilig gebauten, teils so hohen, teils so niedrigen Häusern, mit ihren Hochbahnen und der fieberhaften Aufregung ihrer Bevölkerung den Eindruck des Verstörten und Monströsen machte. Zu allem

Unglück stellte sich heraus, daß unsere Herberge ein wahrer Schlupfwinkel für Trunksucht und Prostitution war, wo wir beinahe, gleich in der ersten Woche seit unserer Ankunft, unsere Haut zu Markte getragen hätten. Wir erlebten hier ein unangenehmes Abenteuer, das sich folgendermaßen zutrug.

Unsere ersten vier Abende hatten wir, Herbert und ich, im Theater zugebracht. Am fünften sollte zeitig zu Bett gegangen werden, und wir stiegen, um nach der Abendmahlzeit noch ein wenig zu rauchen, in die bar unseres Quartiers hinunter. Dort hielten sich bereits Mädchen und einige Männer auf. Einer von ihnen, ein höllisch großer Kerl von einem Raufbold, mit roten Haaren, glasigen Augen und einem Bulldoggengesicht, wird da überlaut zu einem der Mädchen sprechen, wobei er nach uns herübersieht. Ein schallendes Gelächter folgte, das allein hingereicht hätte, mich rasend zu machen, selbst wenn Herbert mir nicht auf meine Bitte den albernen Spaß des Kerls verdolmetscht hätte, der ganz einfach zu der Dirne gesagt hatte: »Laßt Euch doch von dem Franzosen da entführen. Das muß ein ... sein. Sie sind alle ...«

Das schmutzige Wort übergehe ich, dessen er sich bedient hatte. Ich erhob mich und schüttelte Herbert gewaltsam von mir ab, der mich zurückhalten wollte. Ich ging direkt auf den Kerl zu, der mich kommen sah, aber im Vertrauen auf seine Stärke nur seinen Mund zu einem höhnischen Grinsen verzog; noch heute sehe ich einen Zahn mit Goldplombe glänzen, den er auf der linken Seite hatte. Ich versetzte ihm einen Faustschlag mitten ins Gesicht, so wuchtig, daß der claret hervorquoll, wie man sich in Amerika ausdrückt, will sagen, daß ihm das Blut übers Gesicht strömte. Ich hatte das Boxen im Regiment gehörig geübt und besaß große Gewandtheit. Glücklicherweise wich ich seinem Gegenhiebe aus – er war übrigens ein bischen angetrunken – und traf ihn mit einem zweiten Faustschlage in die Magengegend und mit einem Fußtritt ans Bein, so daß er zu Boden stürzte. Auf eine allgemeine Schlägerei gefaßt, wich ich zurück, um gegen die anderen Front zu machen, als sie zu meiner Verblüffung ein beifälliges Gemurmel von sich gaben. Das sonderbare Publikum von Zuhältern applaudierte meinem Talent als Faustkämpfer. Sie trugen ihren Freund vom Platze, aber der Besitzer des Gasthofes sagte noch an demselben Abende lakonisch zu Herbert:

»Der Gentleman wird gut thun, das Quartier zu wechseln. Jim Russel ist nicht der Mann, das hinzunehmen, ohne sich zu rächen ...«

Obwohl Herbert und ich gerade keine Hasenfüße waren, erschien uns doch der Gedanke, uns am Beginn unseres Unternehmens durch schmutzige Raufereien aufhalten zu lassen, so einfältig, daß wir eins wurden, nicht das Quartier zu wechseln, wie uns der Gastwirt riet, sondern abzureisen. Gleich am nächsten Morgen in aller Frühe bestiegen wir mit unseren Pferden den Kontinental-Expreßgüterzug. Sieben Tage – eine volle geschlagene Woche – brauchten wir so, um die Stadt Sydney in Nebraska zu erreichen, wo wir unser Stelldichein mit Johnson hatten. Es wäre uns ein leichtes gewesen, unsere Tiere auf diesem Wege zu expedieren und selbst den Personen-Expreßzug zu benutzen. Aber unser erster Eindruck vom amerikanischen Leben war so häßlich gewesen, daß wir uns wie in einem Lande der Wilden vorkamen, auch wollten wir uns weder von einander trennen, noch unsere Hengste auch nur eine Minute aus den Augen verlieren. Wir legten daher die ganze Fahrt in demselben Wagen wie sie zurück. Diese Art zu reisen war so strapaziös, daß wir von der Landschaft der Vereinigten Staaten, die wir durchfuhren, keinerlei Notiz nehmen. Mir ist nichts mehr von der abenteuerlichen Fahrt durch jenen Teil des gewaltigen Amerika, der allein so groß, wie halb Europa ist, erinnerlich, außer daß wir in Chicago vier tramps Widerstand leisten mußten, die in unseren Wagen eindringen wollten, um sich hinter unseren Pferden zu verbergen und als blinde Passagiere die Reise mitzumachen (»to steal a ride«). Diese Landstreicher der Vereinigten Staaten haben die Gewohnheit, so, auf dem Boden eines Güterwagens liegend, ganz unglaubliche Entfernungen zurückzulegen. Fährt der Zug in eine Stadt hinein, so steigen sie herunter – kein tramp, der nicht ein bißchen turnerische Gewandtheit besäße – um dann wieder auf irgend einen anderen Zug zu steigen, der hinausfährt. Wenn möglich, nassauern sie auf diese Weise nicht nur die Fahrt, sondern stehlen und rauben noch obendrein. In den meisten Fällen hat man von diesen Leuten keinen Angriff aufs Leben zu besorgen. Da wir nun aber in das Pittoreske des amerikanischen Vagabundentums noch nicht eingewciht waren, so nahmen wir die zerlumpten Strolche, die einen Zug in voller Fahrt erkletterten, für gefährliche Banditen. Ich muß noch lachen, wenn ich daran denke, wie sie vor unseren sechs Revolvern, die wir ihnen entgegenhielten, vom Zuge auf den Eisenbahndamm herunterpurzelten. Wir würden geglaubt haben, unvorsichtig zu handeln, hätten wir jeder nur eine einzige Waffe gehabt.

Johnson, telegraphisch in Kenntnis gesetzt, erwartete uns richtig auf dem Bahnhofe von Sydney, aber das war nur erst eine Etappe zum eigentlichen Ziel unserer Reise, Custer City, das noch 250 Meilen weiter entfernt lag. Diese ganze Strecke mußte zu Pferde zurückgelegt werden; die sieben Tage im Eisenbahn-Waggon hatten uns aber derart kaput gemacht, daß wir uns nicht getrauten, unseren Ritt sogleich aufzunehmen. Sydney galt damals für eine der gefährlichsten Diebesherbergen der Vereinigten Staaten. Die fünfhundert Einwohner der Stadt verbrachten ihre Zeit damit, einander veritable Schlachten, mit Flinten- und Revolverschüssen, zu liefern. Wir wußten das nicht. Aber unsere neuliche Erfahrung in Chicago hatte uns schließlich so mißtrauisch gemacht, daß wir beschlossen, gegenüber der Thür des Stalles, wo unsere Araber untergebracht waren, auf dem Stroh zu nächtigen. Die Leute hatten die Hengste auch gar zu sehr gemustert, als sie nach dem Stalle geführt wurden. Und das war unser Glück, daß wir diese Vorsicht getroffen. Gegen Mitternacht wurde ich, trotz meiner Müdigkeit, durch ein sonderbares Geräusch aus dem Schlafe geweckt. Ich zündete ein Streichholz an und sah deutlich das Ende einer Säge, die im besten Zuge war, das Holz rings um das gewaltige Schloß, das die Scheune abgesperrt hielt, durchzusägen. Ich umwickelte die eine Hand mit einem Taschentuch und packte das Ende der Säge, mit der andern Hand spannte ich meinen Revolver und zugleich stieß ich den einzigen englischen Fluch aus, über den ich verfügte. Die Säge blieb unbeweglich stecken, und von der andern Seite der Thür tönte ein Geräusch, ähnlich dem Knacken, wie ich es eben mit meiner Waffe verursacht hatte. Ich weckte Herbert und meinen Bedienten. Unsere drei Stimmen machten den Dieben wohl begreiflich, daß wir stark genug waren, Widerstand zu leisten. Wir hörten Schritte, die sich entfernten. Unsere Pferde waren gerettet. Aber konnten wir nach diesem neuen Angriffe wieder einschlafen? Unsere Besorgnis war so rege, daß wir den Entschluß faßten, Sydney zu verlassen, und zwar nicht erst am nächsten Morgen, nicht erst in einer Stunde, sondern augenblicklich. Wir sattelten selbst unsere Tiere, zogen

Johnsons Wagen aus der Remise, luden unser Gepäck hinauf und schirrten seine Pferde an. In solcher Ausrüstung kamen wir vor sein Quartier und riefen ihn von der Straße her aus seinem ersten Schlummer wach. Er hatte die ganze Nacht Poker gespielt und dabei Whiskey getrunken. Da ihm das Glück hold gewesen und er mehrere hundert Dollars gewonnen, zeigte er sich willfähriger, als wir gehofft hatten. Übrigens hatte er, wie viele Amerikaner, ein Gefühl für nationale Gastfreundschaft und schämte sich für sein Land des heimtückischen Überfalls, von dem wir ihm berichteten. Er willigte ein, uns zu folgen, und bevor der Tag anbrach, waren wir bereits unterwegs.

Der Ritt durch die Prairie dauerte zwei lange Wochen. Ihm verdankte ich die ersten angenehmen Eindrücke seit meiner Abreise aus der Dauphiné. Dieser Teil des weiten Gebietes, das sich zwischen Sydney und den Rocky Mountains ausdehnt, war damals nicht die civilisierte Gegend wie jetzt. Heutzutage durchschneiden sie mehrere Eisenbahnlinien. Farmen und Bauten, aus denen dereinst große und kleine Städte hervorgehen werden, sind hier in Menge vorhanden. Zu jener Zeit bot die ungeheuere Prairie Nebraskas von Sydney ab keine andere Spur menschlichen Lebens, als den Durchzug der cowboys, die irgend eine zerstreute Herde vor sich hertrieben. Ein ranch folgte auf den andern, ohne daß irgend ein ordentlicher Weg sie verband. Diese gewaltige Wüstenei, durch welche unsere Kavalkade ritt, packte uns mit einer Art wildromantischen Zaubers, der mit dem Bewußtsein unserer Jugend und der schrankenlos vor uns liegenden Zukunft sehr gut harmonierte. Die verlassene Einöde begeisterte uns, anstatt, wie der erste Zusammenstoß mit der fremden Volksmenge, uns traurig zu stimmen. Wir fühlten keine Ermüdung mehr und tranken sogar wohlgemut das abscheulich alkalische Wasser, das wir unmittelbar aus den durch die Gießbäche aufgerissenen Erdhöhlungen – creeks, wie man hier sagt – schöpften, um unsere Konserven anzufeuchten. Unser Enthusiasmus wuchs noch mit dem Näherrücken der Berge, denn nun gelangten wir allmählich in die schönen Wälder der Douglas-Fichten. Die ersten Frühlingsblumen lugten aus dem Grase. Allenthalben sprudelte lebendiges, klares Wasser aus Quarzspalten hervor. Der Himmel war blau und wolkenlos über unsern Häuptern, und dann näherten wir uns ja auch Custer City, der Stadt unserer

Sehnsucht, deren Herrlichkeiten uns Johnson seit unserem Aufbruche pries. Wir harrten ihrer, wie die Hebräer des gelobten Landes. Viele Jahre sind seitdem vergangen. Jahre heißen Kampfes, die doppelt und dreifach zählen. Aber keiner der Eindrücke, die sie brachten, hat die Empfindung verwischt, die mich an jenem April-Nachmittage ergriff, als der wackere Mann im Galopp einen Hügel hinaufsprengte, um uns stolz das Ziel unserer beschwerlichen Pilgerfahrt zu zeigen. Er hielt sein Pferd an und gab uns ein Zeichen, die unsrigen ebenfalls anzuhalten. Den Arm ausstreckend, sagte er:

»Das ist Custer City! ... Here is Custer City! ...«

Das Herz klopfte mir vor Hoffnung; ich schaute hin. Warum sollte ich mich schämen, jenen Augenblick der Mutlosigkeit einzugestehen, der einzigen, die ich in meinem Prairie-Leben gekannt habe? Thränen stürzten mir plötzlich aus den Augen, es war mir unmöglich, mich zu fassen – Thränen nicht mehr der Hoffnung, sondern der Verzweiflung, Thränen, die der plötzliche Sturz von der Höhe meines Traumes und die bittere Enttäuschung hervorzwangen! Ein elendes Minierfeld zeigte sich auf der anderen Seite des Thales, ärmlicher als der ärmlichste Weiler in den Alpen. Deshalb also, um hier zu leben, unter diesen baufälligen Hütten, in diesem weltvergessenen Winkel, um hier zu kämpfen, vielleicht zu sterben, hatte ich dreitausend Meilen hinter mir unser kleines Schloß in der Dauphiné mit seinem rechtwinkligen Turm und seinem quadratischen Erker verlassen, und in diesem Schloß meine Mutter, meine Schwestern, alles was ich liebte, alles was mich liebte! ...

Ich blickte auf Herbert und schämte mich, als Franzose dem unempfindlichen Engländer dieses Schauspiel meiner Schwäche gegeben zu haben, dem Unerschütterlichen, der sich seine kurze Holzpfeife mit der größten Kaltblütigkeit anzündete, obgleich ich am Zittern seiner Hand wahrnahm, daß der Schlag auch für ihn hart war. Ich sagte schon, ich sei immer ein bißchen fromm gewesen. So rief ich denn die tiefen Kräfte meiner Seele zu Hilfe. Ich sprach innerlich ein Dankgebet zu Gott dafür, daß er mich seit meiner Abreise beschützt; ich bat ihn, mir auch ferner beizustehen. Wie ein kleines Kind befahl ich mich in seine Hände... Mein Pferd, El Mahdi, scharrte wiehernd den Boden. Damit gab es auf seine Art seine Empfindungen über jenes: » Here is Custer City!« zu verstehen. Ich zog die Zügel an, preßte die Knie ein und ließ es in tollster Carrière auf die Stadt los jagen, meine kindischen Thränen trocknete der scharfe Luftzug, den dieses tolle Rennen erzeugte.

So starb, bei einem wundervollen Sonnenuntergange, am Fuße des Berges Calamity Jane, der tenderfoot[1] Raymond, der frisch von Europa her eingewandert war. An seiner Statt erstand der Cowboy Sheffield – so benannt nach seinem Messerklingen-Gesicht – der Schreiber dieser Erinnerungen.

*

Einige Zeit, etwa einen Monat später, saß ich friedlich beim Frühstück in Millers bar, das mitten in der Hauptstraße – Main Street – liegt, als ein wohlbekannter Goldgräber, der dicke Browne, mit einem beim Abbruch eines ranch beschäftigten Cowboy: Eddie Hutts, Händel anfing. Alle beide zogen ihren Revolver und gaben in demselben Moment Feuer. Browne blieb auf der Stelle tot. Die Kugel seines Feindes hatte ihm den Kopf zerschmettert. Seine eigene Kugel fehlte Hutts und traf mich direkt in den Kinnbacken. Sie zersplitterte den Knochen und machte nahe an der Arterie Halt. Miller, der für Browne eine ganz besondere Achtung hegte, hat seither oft versucht, seinen Freund mir gegenüber durch die Versicherung zu rechtfertigen, daß der Unglückliche an jenem Morgen bereits einige corpse-revivers zu viel getrunken habe. Die Amerikaner verfügen über ein paar hübsche Synonyma, um die verschiedentlichen Alkohol-Mischungen zu bezeichnen, durch welche sie sich mit wahrer Wonne vergiften: a widow's smile – ein Witwenlächeln – a sweet recollection – eine süße Erinnerung – an eye opener – ein Augenöffner. Das kräftigste ist das, von dem Miller gesprochen: der »Leichen-Wecker«. Es lag nun freilich etwas Ironie in dem Umstande, daß ja die Unmäßigkeit dieses vertierten Browne beinahe den Tod zweier Menschen, seinen eigenen und den meinigen, veranlaßt hätte.

Ich hatte mich erhoben, als ich mich verwundet fühlte. Aber ich besaß nicht so viel Kraft, einen Schritt zu thun. Es schien sich alles um mich zu drehen, und wie leblos fiel ich zu Boden. Das Bewußt-

---

[1] »Zartfuß« – weiterhin: Neuling. So sagt man auch von unerfahrenen Leuten: sie haben »grüne Hände« – green hands.

sein kehrte mir jedoch sehr rasch wieder, mit jener Art hellsehender, fruchtloser Klarheit, wie sie den Träumen eignet. Ich lag am Boden, ganz dicht an Brownes Leichnam. Mit dem ausgestreckten Arm hätte ich ihn erreichen können. Etwa zehn, durch das Kauen des Primtabaks gleichsam in automatenhafter Bewegung befindliche Gesichter betrachtete n mich neugierig, doch niemandem fiel es ein, mir zu helfen. Mein Blut rann ununterbrochen auf die Fliesen und ich litt entsetzlich. Ich verlangte in französischer Sprache nach einem Priester, doch niemand verstand mich. Zudem war der nächste hundertfünfzig Meilen entfernt, und was brauchte ich auch einen Priester, um wie Browne zu sterben? – Ein Mensch mehr, ein Mensch weniger! Was will das in der Prairie bedeuten? – Als ich sah, daß keiner der um mich versammelten Zuschauer sich im Genusse seines Primtabaks auch nur einen Augenblick stören ließ, so gleichgültig blieben sie bei meinem Rufe, kam mir der Gedanke, die Namen Herbert und Johnson zu rufen, vielmehr zu röcheln. Eine Viertelstunde später kamen meine Freunde alle beide an, begleitet von einer Person mit glattem Gesicht, im Überrock, mit Flaumbart, hohem, rotem, verwaschenem Hut und weißer, durch Schmutzstreifen verunzierter Kravatte. Aber Diamantknöpfe glänzten in den ausgerissenen Knopflöchern seines Hemds. Es war der berühmte Mr. Briggs, der bedeutendste Arzt von Black Hills, ein ziemlich geschickter Operateur, obgleich die Amerikaner selbst meinten, daß er ein wenig zu schnell mit dem Messer bei der Hand – he is rather fond of the knife, you know – und gewöhnlich von morgens 10 Uhr ab betrunken wäre. Glücklicherweise war es diesmal erst 9 Uhr. Ich hatte vollauf Muße, das Pittoreske seines schäbigen Kostüms im einzelnen wahrzunehmen, denn er hatte mich auf das Billard legen lassen und begann jetzt die Wunde zu sondieren, mit sehr leichter Hand, wie ich gestehen muß, und dabei träufelten mir, als müßte das so sein, die Tropfen des Tabaks, den er kaute, ins Gesicht.

» Well!« so schloß er mit nichts weniger als beruhigendem Phlegma, »der Gentleman ist gerade noch mit genauer Not davongekommen. Die Kugel ist an der Arterie vorbeigegangen, die oberhalb schlägt. Die Knochen werden schnell wieder heilen. Was die Kugel betrifft, so kann diese, wenn er sie drin behält, mit der Zeit die Arterie beschädigen, die dann auf einmal platzen wird. Alsdann wird ein innerer Bluterguß erfolgen und der Tod sofort eintreten.

Zieht er vor, daß ich sie entferne, so kann ich's ja versuchen, aber ich stehe für nichts. An ihm ist's, zu wählen ...«

Herbert übersetzte mir diese Diagnose.

Ich that innerlich Buße und sagte, man sollte die Kugel entfernen. Briggs hatte, um die Wunde zu sondieren, alle Anwesenden, ausgenommen Johnson und Herbert, hinausgeschickt. Er rief jetzt sechs von den Leuten beim Namen, die an der Thür warteten; dieselben pflanzten sich gleichgültig und schwerfällig um das Billard auf.

»Warum?« fragte ich Herbert, der fortfuhr, den Dolmetsch zwischen dem Arzt und mir zu machen.

» Well«, antwortete Briggs, »diese Gentlemen sind Honoratioren der Stadt und sollen bezeugen, daß es nicht meine Schuld ist, wenn der Tod im Laufe der Operation eintritt ...«

Über diesem Worte schlief ich, vom süßlichen Aroma des Chloroforms betäubt, ein. Als ich wieder erwachte, hatte ich eine große Naht an der Kehle und hielt die Kugel in der Hand. Die Honoratioren verschwanden, entzückt über dieses kleine excitement, das ihnen der Morgen gebracht hatte. Der Arzt erhielt dreihundert Dollars. Einen Monat später war mein Kiefer geheilt; aber noch Wochen lang habe ich den großen Blutverlust gespürt. Was Briggs anlangt, so traf mich der drei Jahre später in Rapid City, gelegentlich einer heiß umstrittenen Wahl; sofort schleppte er mich auf seine Plattform und stellte meine Wenigkeit zusamt meiner Narbe 1500 Maulaffen zur Schau; er errang einen glänzenden Sieg über seinen Gegner. Ich war, so scheint es, der einzige der von ihm Operierten, welcher die Operation überlebt hatte!

*

Dieses kleine Bild von den Sitten, wie sie damals in Custer City herrschten, wird begreiflich erscheinen lassen, daß es uns ob solcher Trägheit, Trunksucht und Meuchelei nicht gar lange an jenem Orte litt. Auch fristeten wir dort kaum unser Leben, obwohl unsere Beschäler uns vierzig Dollars für die Stute einbrachten, die man ihnen zur Deckung, zuführte. Aber die geringsten, allernotwendigsten Gebrauchsgegenstände waren erschrecklich teuer, wie in allen jenen Städten, die in der Nähe von Goldminen liegen. Beispielsweise wußte man in Custer City nicht, was es heißt, eine Nickelmünze zu zahlen oder herauszugeben. Das Fünf-Sous-Stück war die Einheit beim Ausgeben. Man macht sich gar keinen Begriff von den Verheerungen, welche derartige Miseren in kleinen Budgets, wie das unsrige war, anrichteten. Wir beschlossen daher, unseren ersten Plan wieder aufzunehmen und uns einen ranch mit ausgedehnter, von frischem Quellwasser berieselter Weidefläche auszusuchen, wo wir uns dem Zuchtgeschäft widmen konnten. Das Glück begünstigte uns, wir fanden fast sofort einen Flecken, wie wir ihn suchten, und wir nannten unsere kleine Ansiedlung Fer de Lance, weil wir, beim eigenhändigen Graben der Fundamente unseres Hauses, in der That eine Eisenspitze entdeckten, die ohne Zweifel viele Jahre zuvor von dem Wurfspieß irgend eines Indianers verloren gegangen war. Mittelst roh behauener Balken, schlecht gehobelter Planken und Holzzapfen – Nägel gab's in der Gegend nicht – brachten wir's fertig, eine Art Baracke für uns und einen Stall für die Pferde zu errichten. Diese Arbeit nahm uns nicht weniger als sechs Monate in Anspruch, und während der Zeit waren wir zu sehr beschäftigt, um uns mit dem ranch selbst zu befassen. Nun nehme man hinzu: vierzehn Tage Seereise, fünf in New-York, sieben im Eisenbahnzuge, vierzehn in der Prairie, macht mehr als einen Monat. Ein Monat des Wartens, ein Monat Krankheit, ein Monat Genesung machen weitere drei Monate. Hierzu die sechs unserer Baracke gewidmeten Monate. Also nahezu ein Jahr war verstrichen, seit wir, Herbert sein Derbyshire, ich die Dauphiné, verlassen. Während dieses Jahres wäre ich beinahe gestorben, hatten wir das gemeinsame Kapital angegriffen, und unsere einzige Erwerbung bildete dieses log-house, diese baufällige Hütte, die unsere eigenen Hände erbaut! Zudem war uns ihr Besitztum auch nur gesichert, wenn wir es zu verteidigen wußten. Der Bach und das Weideland, wo wir uns niederließen, hatten vordem einem gewissen Bob gehört, einem berüchtigten Pferdediebe, nach der Stadt, aus welcher er stammte, Yorkey Bob benannt. Der Erzschurke hatte alle Rechte an das Besitztum verloren, da er es ja verlassen hatte. Dies war aber kein Grund, daß er nicht versucht hätte, die neuen Occupanten zu brandschatzen, und wirklich ließ er sich, nach Custer City zurückgekehrt, in Millers saloon gewaltig hochfahrend vernehmen:

»Ich werde es ihnen schon besorgen, diesen beiden tenderfeet von Europäern. Ich will's ihnen anstreichen, sich vor meinem Tode meiner Erbschaft zu bemächtigen! ...«

Diese recht beruhigenden Worte wurden uns brühwarm vom Doktor Briggs hinterbracht, der uns sonst mit seinen Besuchen nicht überlief. Als mein »Retter«, wie er sich gern selbst nannte, uns diese sogenannte Probe seiner Sympathie gegeben hatte, sahen Herbert und ich uns gegenseitig verständnisinnig an. Ein jeder las in des andern Augen eine höllische Lust, schnurstracks aufs Pferd zu steigen und unsrerseits dem Bramarbas des saloon es zuerst zu besorgen. In der Prairie gelangt man schnell zu solcher Auffassung vom Rechte der Notwehr: zuerst angreifen, um nicht der Angegriffene zu sein. Zum großen Glück gaben wir dieser jähen Anwandlung von Empörung keine Folge. Herbert besaß die Geistesgegenwart, sich ein Stückchen einfallen zu lassen, daß uns für immer vor Drohungen dieses Gelichters sicherstellen sollte. War und ist er doch noch immer ein weit über das Mittelmaß hinausragender Pistolenschütze. Er gewahrte ein unschuldiges Täubchen, das fünfzig Fuß entfernt rucksend auf dem Stalldache saß, und holte es mit seiner Revolverkugel herunter.

»Sie können dem Yorkey Bob erzählen, was sie eben gesehen haben«, sagte er zu Briggs, »und setzen Sie gleich hinzu, daß, sollte ich ihn jemals treffen, es mag sein, wo es will, in einem bar, auf der Straße, oder in der Prairie, ich mit ihm genau ebenso verfahren werde ...«

Sprach's und wandte dem würdigen Doktor den Rücken. Der Arzt blieb eine Minute bestürzt, dann spie er weithin aus. Das ist beim Amerikaner das Zeichen eines tiefen Eindrucks. Ich habe immer gedacht, der Besuch des Doktors hatte nur den Zweck, den neuen Eigentümern des Baches, im Namen des ehemaligen, ein gutes solides Vertragsbündnis vorzuschlagen – vermittelst klingender Münze natürlich. Auf jeden Fall, waren die beiden Gauner wirklich Komplizen, so genügten Herberts Pistolenschuß und seine kleine Ansprache, dieser Verschwörung den Mut zu benehmen. Aber zwei Monate hindurch blieben wir doch auf unserer Hut und schliefen Nacht um Nacht außerhalb unseres Hauses, aus Furcht vor einer Überrumpelung. Was die am Tage getroffenen Vorsichtsmaßregeln anlangt, so hätten wir in dieser Hinsicht nicht wohl noch mehr thun können. Es war eine so unruhige Zeit, daß keine zwei Reiter auf der Prairie sich in fünf Meilen Entfernung gewahr wurden, ohne daß der eine nach links, der andere nach rechts davongaloppiert wäre. Eine seltsame Einöde, die der Mensch noch einsamer zu machen sich befliß, und wo er nichts mehr denn seinesgleichen fürchtete! Es war die Zeit, wo die Briefpost von Deadwood monatlich ausgeplündert wurde, wo der Wagen des Steuereinnehmers von Lead City, trotz seiner sechs berittenen Garden, angehalten und die Summe von 150 000 Dollars, die er mit sich führte – 750 000 Franken in Goldbarren – in alle vier Winkel von Dakota und Wyoming zerstreut ward. Über Deadwood, wo eben eine neue Goldader entdeckt worden, ergoß sich eine Flut von Abenteurern, der Abschaum aller Länder und Rassen. Das menschliche Leben, von dem die Yankees gern sagen, es sei unter ihnen sehr wohlfeil – very cheap – war wirklich so billig, daß die Black Hills bewohnen so viel bedeutete wie: alle Tage, ja alle Stunden auf Kriegsfuß sein. Man gewöhnt sich schnell an Lebensbedingungen, die anscheinend so außergewöhnlich sind. Erstaunlich ist's, wie einem der Gedanke an gewaltsamen Tod vertraut wird. Gerade an den andern Tod, den durch Krankheit, will sich die Einbildungskraft – die meinige wenigstens – durchaus nicht gewöhnen.

Yorkey Bob hinwiederum dachte in dem Punkte zweifellos anders, denn seit Herbert jenen Beweis seiner Schieß-Geschicklichkeit gegeben, trug er große Sorge, den beiden tenderfeet von Europäern aus dem Wege zu gehen. Es war ausgemacht, daß er getötet werden sollte, doch in anderer Weise. Er stahl neuerdings in der Umgegend von Custer City so viele Tiere, daß die cowboys übereinkamen, die Stadt von einem so gefährlichen Schurken zu befreien. Eines Abends, als er ruhig in Millers bar beim Glase saß, warf ihm ein Verräter von hinten seinen Lasso um den Hals, zog kräftig an und händigte das Ende des Strickes einem Reiter aus, der vor der Thür hielt. Letzterer jagte in gestrecktem Galopp davon. In einigen Sekunden war Bob erstickt. Er hatte noch so viel Instinkt und Kraft besessen, seinen linken Revolver zu packen (auch er trug auf jeder Seite einen), und trotz der entsetzlichen Erschütterungen während des tollen Jagens durch die Prairie hatten seine Finger nicht losgelassen. Man mußte die Hand später gewaltsam öffnen, um ihr die

Waffe zu entwinden. Der Zufall wollte, daß wir beim Tode unseres Feindes zugegen waren. Nicht besser kann ich die Wandlung veranschaulichen, die sich in uns während dieses schrecklichen ersten Jahres vollzogen, als indem ich erkläre, daß die summarische Exekution uns gleichgültig ließ. Bob wurde nur von einer einzigen Person betrauert, einer Banditin, die in Custer einen Gasthof unterhielt und deren Liebhaber er war. Dieses Weib besaß eine fabelhafte Geschicklichkeit im Handhaben des Karabiners. Ich habe nicht ein-, sondern zehnmal gesehen, wie sie auf hundert Meter Entfernung durch eine Kürbisflasche schoß, wobei sie ihre Kugel durch das vorher für den Pfropfen präparierte Loch hindurchschickte, ohne auch nur den Rand zu streifen. In jedem Zimmer ihres Gasthofes konnte man folgende, von ihr eigenhändig in riesigen roten Lettern geschriebene Inschrift lesen: »Don't lie on the bed with your boots on. Don't spit on the blankets. Be a man ... Legt Euch nicht mit den Stiefeln ins Bett. Spuckt nicht auf die Bezüge. Seid ein Mann ...« Sie hatte mehrere Morde auf ihrem Gewissen und war mit ihren Mannskleidern und ihrem ewigen Fluchen die würdige Genossin Bobs, den sie auch sicherlich gerächt haben würde, hätte sie seine Mörder gekannt. Aber derartige Anschläge gingen so vor sich, daß man das Gesicht hinter einer Maske oder hinter einem Taschentuch verbarg, wie ich schon gelegentlich der Eisenbahn-Überfälle erwähnte. – Man kann das übrigens auch in dem »Vermischten« aller Zeitungen konstatieren. – Diese summarische Gerechtigkeit galt mehr als die gesetzmäßige, mit ihren Behörden und Advokaten, wie wir sie später kennen lernten. Letztere kamen uns viel teurer zu stehen, als die Exekutiv-Komitees wie das, welches uns von Yorkey Bob befreit hatte, und schließlich war auch die offizielle Gerechtigkeit viel weniger gerecht.

*

Infolge dieser neuen Erfahrung beschlossen wir, mehr und mehr auf unserem ranch zu leben. Da wir in die Städte nur noch ausnahmsweise und nach langen Zwischenräumen gingen, so besaßen wir schließlich keine andere Gesellschaft mehr als die der cowboys, der grangers und der miners. Alle Bewohner der Prairie scheiden sich in diese drei Klassen. Sie ähneln einander alle vermöge der gleichen Abneigung gegen das civilisierte Leben, vermöge der Thatkraft in ihren Unternehmungen und ihrer Vertrautheit mit der

Gefahr. Ihr Ehrgeiz verfolgt so verschiedene Ziele, daß er sie vorübergehend sogar zu Feinden macht. Jede einzelne Klasse hat ihren Helden, von dem die Legende unaufhörlich und immer verwickelter zu erzählen weiß. Buffalo Bill ist der der cowboys, Mackay der der Goldsucher, Lincoln, von seiner Jugend her, der der grangers. Sie bilden die Avantgarde Amerikas, zwischen der Flut der Einwanderer einerseits und den letzten Rothäuten andererseits. Vielmehr: sie bildeten sie in der noch gar nicht fernliegenden und doch schon so fern erscheinenden Zeit, von der ich spreche. Denn jedes Jahr weichen die Indianer weiter zurück und verschwinden, die leeren Territorien bevölkern sich. In einem Vierteljahrhundert – wenn ich's erlebe – werde ich sicher gewaltige Städte in dieser Prairie erstehen sehen, die ich noch so wüst und so frei gekannt habe.

Die Grenze der Indianer-Reservatgebiete, das ist heutzutage noch die eigentliche Domäne der großen ranches. Der Home-Ranch erhebt sich mit seinen Holzhäusern und Lehmställen in der Nähe einer Quelle. Hier leben etwa zwanzig ehrliche Banditen unter der Hoheit eines Häuptlings, eines foreman, natürlich des stärksten und geschicktesten unter ihnen. Ich sage nicht: des tapfersten. Tapfer sind sie alle in gleichem Grade, ohne dies wären sie ja nicht wert, cowboys zu heißen. Auf Onkel Sams Weidestrecken irren 50 000 Pferde, Kühe oder Ochsen umher; sie zu zählen, mit dem Brandzeichen zu versehen und auf der Eisenbahn nach Chicago zu expedieren, bildet das Geschäft dieser Burschen das Jahr hindurch. Keine bequeme Arbeit ist's, eine Herde von 3000 oder 4000 Stück Vieh so durch die Prairie zu führen. Reiter gehen dem Zuge vorauf, andere überwachen die Flanken, andere sammeln die Nachzügler. Man muß vermeiden, die Eisenbahnlinien zu kreuzen, denn hierbei riskiert man eine unheilvolle Panik, die gar nicht wieder gut zu machen ist. Als ich aus Colorado zurückkam, von wo ich 350 Pferde geleitete, passierte mir's, daß ich auf eine Eisenbahnlinie geriet, gerade in dem Moment, als ein Zug heranbrauste. Unsere Pferde hatten noch niemals eine Lokomotive gesehen. Ein Schrecken ohnegleichen ergriff die Tiere und trieb sie in einem Umkreise von 100 Meilen nach allen Windrichtungen hin auseinander. 55 Tage brauchte ich, um sie aufs neue zusammenzubringen. Ein andermal ist's ein Sturm, der sich erhebt – einer jener Prairiestürme, die dem Cyklon ähnlich sind. Die ungeheure lebendige Masse wird dann zu einer einzigen Gruppe vereinigt, um welche die cowboys im Galopp herum sprengen. Es handelt sich darum, die durch Donner und Blitz buchstäblich rein närrisch gewordenen Tiere in eine kreisrunde Gruppe zu bringen. Man erzielt das, indem man unter den emporgerichteten Köpfen wohl zehnfach den Revolver abschießt. Würde die Kreisbewegung durchbrochen, dann würde sich die ungeheure Herde nach einer einzigen Seite ergießen und – so machten es einst die wilden Büffel – Menschen und Pferde wie ebenso viele Strohhalme knicken und zu Boden stampfen.

»Solch' Handwerk in solchem Milieu verlangt Menschen von unbezwinglicher Energie, Menschen, die zu allem entschlossen sind. Man könnte ebensogut sagen: Die Zusammensetzung des Personals in einem ranch gleicht der eines Bataillons in der französischen Fremdenlegion. Der Auswurf der civilisierten Welt findet sich hier zusammengeschart. In Fer de Lance hatten wir einen deutschen Koch, einen italienischen cowboy, zwei französische cowboys, und unter den Amerikanern deklassierte Leute, wie Billy, den Sohn eines Pastors in Chicago. Über letzteren mußten wir lachen, daß uns die Augen übergingen, wenn er uns am Abend seine Jugenderinnerungen zum besten gab; er hatte seine ganze Jugend in einer jener gemischten Schulen verbracht, die von eigens hierher entsandten französischen Schriftstellern jetzt eingehend studiert werden. Hätte doch einer jener ernsthaften Artikelschreiber Billy hören können, wie er uns die Zeichenklasse und seine Nachbarinnen schilderte, die damit beschäftigt waren, meisterhafte männliche Modelle zu zeichnen, während er sich selbst vorzugsweise der Wiedergabe der weiblichen Anatomie befleißigte! Auch rätselhafte Personen gab es unter uns, die niemals von ihrer Vergangenheit sprachen, so z. B. einen zweiten Franzosen, dessen wahren Namen ich heutigen Tages noch nicht weiß. Er ließ sich Jean Bernard nennen. Die Prairie hatte keinen geschickteren Lassowerfer aufzuweisen als ihn. Er liebte die Gefahr mit wahrer Leidenschaft, fast bis zum Wahnsinn. Eines Tages band er sich, um ganz sicher zu gehen, daß er ein noch ungezähmtes Pferd nicht etwa loslasse, die Handgelenke mittelst Schlingen an die Zügel fest, und fort ging's im tollsten Rasen. Er brach beide Arme an zwei Stellen, und wäre nicht mit dem Leben davongekommen, hätte Herbert nicht dem Pferde eine Kugel durch die Lunge gejagt. Ebensowenig habe ich den Namen eines Holländers erfahren, der kurzweg Frank genannt wurde. Eines Abends hatte er einen Whiskeyrausch und ließ sich's einfallen – es war in einer kleinen Stadt des Westens – etwa 20 Reisende aus dem Gasthofe zu jagen, indem er sie mit seinem Revolver bedrohte. Er verbarrikadierte sich in dem Hause und hielt dort eine regelrechte Belagerung aus. Das Thermometer zeigte 20 ° unter Null, so daß er, um sich zu erwärmen, weiter trank; schließlich fiel er hinter der Thüre um, wie ein Stück Vieh. So endete der tolle Streich, ohne einen Tropfen Blut zu kosten. Frank hätte ihn teuer bezahlen müssen, wäre er nicht in nüchternem Zustande der vortrefflichste Kerl von der Welt gewesen und vor allem der intime Freund einer anderen Persönlichkeit, die ein geradezu legendenhaftes Ansehen genoß: des Grafen de La Chaussée Jancourt. Das war ein belgischer Edelmann, den seine Familie längst aus den Augen verloren hatte; wir begegneten uns eines schönen Tages im Inneren des Indianer-Reservatgebietes! Er war zu Pferde und begleitet von seinen beiden Frauen, zwei richtigen squaws, die ebenfalls zu Pferde saßen, und die Flinte über der Schulter hatten, wie er. Mit einer unter solchen Umständen höchst sonderbaren Eitelkeit redete er mich an: »Sie sind der Franzose von Fer de Lance. Ich bin der Graf de La Chaussée Jancourt, Baccalaureus der Künste und Wissenschaften ...« Er sah aus wie ein Wegelagerer. Ich hütete mich wohl, das geringste Erstaunen zu verraten. Diese Trapper schießen alle mit unfehlbarer Sicherheit. Aber die Erscheinung dieses Baccalaureus zwischen den beiden Indianerweibern, der mit Fellen bekleidet war und ein ebenso sonnenverbranntes, ebenso gelbes Gesicht hatte, wie seine Begleiterinnen, wollte mir lange nicht aus dem Sinn. »Wird's mit mir einmal dahin kommen? ... « dachte ich, und solch' seltsamer Ausgang meines Abenteuers im Westen schien mir weder unmöglich, noch selbst zu fürchten, so sehr fühlte ich mich mit jedem Tage von dem Zauber dieses urzuständlichen und freien Lebens mehr berückt, umstrickt, vergiftet, und ich antwortete mir fröhlich: »Warum nicht? ...« »Ja, ein Zauber! ... Noch heute ist dies das einzige Wort – in seinem ursprünglichen Sinne genommen – das mir einfällt, um die Art von geheimnisvollem Bann zu kennzeichnen, unter dem ich während dieses Lebens stand. Es übt noch immer, durch all die Jahre hindurch, diesen Zauber auf mich aus. Wenn ich versuche, mir über die Gründe dieses so mächtigen Reizes klar zu werden, so finde ich zunächst – höchst absonderliches Gefühl in einem Lande, wo die

Revolver ganz von selber losgehen –, daß ich nie Tage erlebte, an denen ich weniger Furcht vor der Zukunft gehabt hätte. Ich habe dort eine Art Heiterkeit, fast möchte ich sagen: unverzeihliche Sorglosigkeit kennen gelernt. Ich empfand das volle Bewußtsein meines Mutes und meiner Kraft. Meine cowboys wußte ich so treu wie Mameluken. Diese Verzweifelten offenbaren meist, wenn sie erst einmal ihrer Vergangenheit und der Civilisation entronnen sind, eine hohe Auffassung von persönlicher Ehre. Hatte mir ein ranch durch die Post, wie das üblich ist, mitgeteilt, daß die oder die Stute 200 Meilen von Fer de Lance bemerkt worden sei, so brauchte ich z. B. nur Frank kommen zu lassen und ihn zu bitten – im Westen befiehlt man niemals – mir das verlaufene Stück wieder herbei zu suchen. Er versprach mir, es wieder zu bringen, und ich kümmerte mich nun um weiter nichts mehr. Mit drei Sattelpferden, seiner undurchdringlichen Decke und seinem sechsläufigen Revolver machte er sich auf den Weg. Ich war sicher, ihn einen oder zwei Monate später mit der Stute wieder zu sehen. Er hatte mir ja sein Wort gegeben. Wo hatte er während dieser Zeit geschlafen? Wie hatte er gelebt? Ich dachte gar nicht einmal daran, mir diese Fragen zu stellen. Leuten dieses Schlages gegenüber hatte ich das Gefühl verloren, daß etwas unmöglich sei. Mir selbst gegenüber hatte ich es verloren, so übermächtig loderte in mir das Feuer der Jugend, durch die frische Luft und durch völlige Keuschheit genährt. Die Sitten waren hier gewaltthätig bis zum Tragischen und streng bis zur Rauheit. Sie waren unverdorben und die Enthaltsamkeit bildete die Regel. Es kam wohl vor, daß die cowboys, wenn sie ihre Löhnung erhalten hatten, sich truppweise nach irgend einem Grenzdörfchen begaben, um dort eine elende Verkäuferin von Branntwein und Liebe aufzusuchen. Aber solche Orgien waren selten und nicht dazu angethan, uns in Versuchung zu führen. Man begegnete in der Prairie einem weiblichen Wesen so außerordentlich selten, daß die Pferde beim Anblick eines Weiberrockes meterweite Sprünge machten, und übrigens gestattete der excessive Verbrauch physischer Kräfte der Phantasie kaum, sich zu exaltieren. Die Ermüdung der Muskeln schaffte das ganze Nervensystem aus der Welt. Was mich betrifft, so war meine Lossagung vom Leben der Leidenschaft so total, daß ich selbst die Romane von Maupassant und die Verse Mussets nicht mehr vornehmen konnte, die ich ehedem vergöttert hatte. Sie schienen mir eine Art zu leben und zu leiden, die unwahrscheinlich, unbegreiflich war, zu schildern. Dagegen fühlte ich in mir selbst während meiner einsamen Streifzüge zu Pferde eine Art innerer Poesie heranwachsen, die aus einer tiefen Gemeinschaft mit der Natur entstand und durch Worte nicht wiederzugeben ist. Ich wurde mit den Tieren zum Tier, oder sie wurden mit mir zum Menschen, wie man will. Jetzt verstand ich die Sprache der Pferde, die mit den Ohren und Nüstern sprechen, der Kühe, die mit den Augen, der Stirn, dem Schweif vor allem sprechen, der Hunde, die mit dem ganzen Leibe sprechen, und deren Gedanke so schnell wechselt, daß man Mühe hat, ihnen zu folgen. Ich knüpfte mit diesen Wesen, die vormals stumm für mich waren, förmliche Geberden-Dialoge an. Das waren Zwiegespräche erhabener und intimer, als ich selbst mit dem unermeßlichen Wesen, dem Schöpfer aller Dinge und aller Kreaturen, unterhielt. Wenn ich bei Sonnenaufgang im Sattel sitzend und zum Fortreiten fertig, die wellige, unabsehbare Prairie betrachtete – gleichsam ein unbewegtes Meer an einem Tage, wo nur schwache Brise weht – so empfand ich einen heiligen Rausch, ein ekstatisches Entzücken zu leben, mich stark zu fühlen, diesen Horizont von Licht und Einsamkeit zu eigen zu besitzen. Fast unwillkürlich floß es mir über die Lippen: »Vater unser, der Du bist im Himmel.« Ich dankte Gott für die Gnadengabe des Lebens, für die Schönheit seiner Schöpfung, für die Gunst meines Schicksals, mit einem Erschauern meiner ganzen Seele, wie ich es nie zuvor gekannt hatte und wie ich es nie seitdem kennen gelernt habe. Nach dem eben Erzählten würde es mir übel anstehen, zu behaupten, daß gleiche Ergüsse bei den rohen Gesellen, unter welche ich mich geworfen fand, allgemein gewesen wären. Gleichwohl fühlen sie auf ihre Art die Gegenwart Gottes, der, wie es scheint, uns in der jungfräulichen Natur näher ist. Woher kamen die Art von Herzenshoheit, die sich unaufhörlich bei den besten unter ihnen zeigte, ihre Treue im Versprechen, ihre Solidität in der Freundschaft, ihre Tugenden der Ausdauer und Biederkeit? wenn nicht von einem Einflusse analog demjenigen, unter dessen Banne ich, nur bewußter, stand. Jedenfalls fühlte ich so, und ich würde keine getreue Darstellung meines damaligen Lebens gegeben haben, hätte ich nicht auch diese Regungen der Seele neben den anderen erwähnt.«

*

»Wenn man Monat um Monat über die Prairie, seine unbestrittene Domäne, galoppiert ist, so wird man eines Tages an einer bekannten Quelle vorbeikommend, auf dem Boden eine Anschwellung wahrnehmen, die am Tage vorher nicht dort war. Dicht daneben werden die Umrisse eines Wagens sichtbar. Ein Pflug, einige Werkzeuge zur Bearbeitung des Bodens und zwei oder drei schwindsüchtige Mähren, an einem Pflock festgebunden, zeigen an, daß ein Einwanderer mit seiner armseligen Habe da ist. Man lenkt sein Pferd nach jener Seite hin und auf ein kräftiges Hallo-Rufen sieht man, daß eine Decke zurückgeschlagen wird, die ein in den Boden gegrabenes Loch verbarg. Der Kopf eines Mannes taucht auf, dahinter Kinderköpfe: ganz im Hintergrunde zeigt sich das furchtsame und abstrapazierte Gesicht der Mutter. Man hat einen granger vor sich. Er wird vergangenen Herbst da vorübergeritten sein. Der Ort wird ihm gefallen haben. Er ist darauf nach dem Osten zurückgekehrt, seine Familie, sein Hab und Gut zu holen, und da ist er nun. Dieses Erdloch wird ihnen allen Obdach gewähren, bis zu dem Tage, wo er sein log-house errichtet haben wird.«

»Hallo! Fremder,« sagt er, »wo kommt Ihr her?«

»Und Ihr, Freund? Der Fremde seid vielmehr Ihr.«

»Ich komme aus Nebraska, wo für meinen Geschmack zu viel Leute waren. Hier wird mir's besser behagen...«

Der cowboy sieht sauer drein. Ein granger hat ja nichts zu bedeuten. Aber morgen werden es ihrer zehn, übermorgen hundert, in Jahresfrist Tausende sein. Dennoch steigt er vom Pferde und die beiden Männer fangen eine Unterhaltung an, kühl zuerst, dann freundschaftlich. Der cowboy zeigt dem anderen die besten Jagdgründe. Alle beide haben sich niedergekauert und entwickeln eine wahre Wut im Zerschnitzeln von Holzstückchen. Die Frau bleibt im Innern des Loches verborgen.

Wie viele solcher menschlicher Maulwurfshügel habe ich auf der Prairie entstehen sehen! Diese kühnen Pioniere der Avantgarde kommen niemals aus Europa. Im Gegenteil, es sind Amerikaner aus den Vereinigten Staaten oder aus Kanada, welche die europäische Einwanderung nach dem freien Westen getrieben hat. Halb Landbauer und halb Jäger, mager und schweigsam, bronzefarben wie die Rothäute und kaum weniger wild, fliehen sie das civilisierte Leben, die Stadt und die Industrie. Sie gehen dem Heere der Ansiedler voraus und genieren kaum die Zucht- ranches. Nur kommt einmal der Tag, wo andere ihnen nachahmen. Die besten Weideplätze werden dann in Beschlag genommen. Überall erheben sich Einfriedigungen, woran die Pferde der ranches sich verletzen. Diese Leute bemächtigen sich aller Quellen. Nicht selten sieht man im Frühling ihre Kühe von fünf oder sechs Kälbern umringt – ein nicht eben überraschender Reichtum, wenn man dicht an einem ranch von 5000 Stück Vieh wohnt. Endlich entblöden sie sich kaum mehr, sich in jeder Weise auf Kosten des mächtigen Nachbarn zu ernähren. Das geht so lange, bis der foreman eines schönen Tages ihre Vertreibung beschließt. Bisweilen nehmen seine cowboys ihre Zuflucht zu Drohungen, bisweilen zum Feuer. Meist begnügen sie sich damit, während der Nacht die Herde des granger 100 Meilen weit fortzuführen. Der Unglückliche erwacht am Morgen als ruinierter Mann. Er begreift – und entschließt sich, von der Bildfläche zu verschwinden, oder aber er macht sich auf, sein Vieh zu suchen, ein Suchen, was niemals endet. Solches Verfahren mag ein wenig summarisch erscheinen, doch darf man nicht vergessen, daß dem Westen das Alte Testament zur Richtschnur dient, und die neuen Ankömmlinge müssen sich dem unterwerfen. Ferner, handelt es sich für einen ranch um Leben und Tod, so liegt der Fall der Notwehr vor, und sind derartige Mittel erlaubt. Wenigstens schienen sie es mir, als ich dort war. Von dem Tage an, wo sich die Zahl der Ankömmlinge allzusehr vermehrt, bleibt dem ranch in der That nichts anderes übrig als zu weichen und sich den Rocky Mountains zu nähern. Er hat seine Rolle als Avantgarde ausgespielt und er beginnt sie, soweit als möglich von jedem granger entfernt und so nahe als möglich den Indianern, wieder von neuem.

Der Indianer selbst ist der Feind des cowboy nur zu den Zeiten, wo die Streitaxt ausgegraben ist. Einige Monate nach unserer Ankunft wäre sie beinahe ausgegraben worden. Der foreman eines der ranches hatte Stücke Fleisch mit Strychnin vergiftet und auf die Prairie gestreut, um die Prairiewölfe zu töten. Zwei Sioux-Indianer aßen davon und starben unter gräßlichen Zuckungen. Zum Glück war der foreman mit Sitting Bull, dem Helden der Niedermetzelung des Generals Custer und eines Kavallerie-Regiments, befreundet. Derselbe hielt seinen Stamm davon ab, sich zu erheben. In Fer de Lance befanden wir uns an der Grenze der Reservation jener Sioux von Dakota. Das war uns eine sehr nützliche Nachbarschaft zur Zeit, wo die Steuern des Kreises eingeschätzt wurden. Wir ließen drei Viertel unserer Herden auf dieses Reservatgebiet übertreten und konnten so in allen Ehren eine nur sehr beschränkte Zahl von Tieren deklarieren. Ich werde später auseinandersetzen, wieso diese anscheinende Unzartheit nichts weiter als ein nur zu berechtigtes Mittel war, der gesetzlichen Brandschätzung zu entgehen. Die Indianer geben sich gefällig zu dieser List her, da auch sie viel vom Diebstahl der Regierungs-Agenten zu leiden hatten. Und dann fürchten sie auch nicht den freien Reiter, der, wie sie, auf der Prairie lebt. Den Kolonisten und den Ingenieur fürchten sie. Ich habe selbst jenen Sitting Bull sehr gut gekannt, der, beiläufig bemerkt, nachdem er sich ergeben, von der Regierung ein Haus erhalten hatte. Er schlief aber stets draußen vor der Thür. Er hatte noch nie unter einem Dache geschlafen. An dem Tage, wo der Pfiff der ersten Lokomotive in den Black Hills wiederhallte, befand ich mich mit ihm auf einer Anhöhe. Er betrachtete die seltsame Maschine lange, dann hockte er auf den Boden nieder und stützte den Kopf in die Hände. Zwei Stunden später, als ich wieder zu ihm kam, erblickte ich ihn noch in derselben Stellung.

»Sitting Bull ist alt,« war seine einzige Antwort auf meine Fragen. »Er möchte bei seinen Vätern sein, drüben auf der anderen Seite des Todes ...« Es war mir unmöglich, an dem Abend ein anderes Wort aus ihm herauszubringen. Hatte er erraten, daß jene beiden Schienen, die unabsehbar weit über die Prairie liefen, seinem Stamm in diesem letzten, äußersten Zufluchtsort seiner Unabhängigkeit die Civilisation und folglich den sichern Untergang bringen sollten? Ich glaube es. Er war ein großer Häuptling, und gar bald verwirklichte sich sein Wunsch. Bei der Erhebung von 1891 wurde er getötet, und ich wünsche ihm alle Ruhe »drüben auf der anderen Seite des Todes«. Denke ich an die Indianer, die ich dort kennen gelernt habe, so kommt mir sein rauhes Gesicht mit dem langen Kinnbacken zu allererst in Erinnerung, sowie das eines jungen Weibes, einer Utah, der ich mit ihrem Manne in der Umgebung der Salt Lake City begegnete. Sie baten mich um Tabak und rauchten meine Cigaretten mit samt der Hülle auf. Der Krieger war unzufrieden mit ihr und wollte sie an irgend einem entlegenen Orte umbringen. Thatsächlich kam sie nie wieder zum Vorschein. Obwohl ich damals die Absicht des Utah nicht argwöhnte, hab' ich mir stets Vorwürfe gemacht, daß ich meine Auskundschaftungen nicht in ihrer Gesellschaft, gutwillig oder gezwungen, fortgesetzt habe. Der Gedanke war mir wie eine Ahnung durch ben Kopf geschossen. Ohne Zweifel hätte ich dem jungen Weibe das Leben gerettet. Ihr liebes Gesicht mit den großen, süßen, so gefaßt dreinblickenden Augen hat mich Jahre lang verfolgt.

*

Solche Begegnungen sind selten, wie schon gesagt, und zum großen Glück, denn wenn Rivalitäten um den Besitz des Weibes die Wildheit der Händel beim Spiel oder beim Trunk noch verbitterten, die schon jetzt die saloons mit Leichen anfüllen, so würde die ganze Prairie gar bald entvölkert sein. Aber eine andere Versuchung ist dafür nicht selten: die der Gold- und Silberminen, die ganz plötzlich in der Nachbarschaft entdeckt werden. Man hört die Neuigkeit von einem Vorübergehenden. Man glaubt nicht daran. Doch sie bestätigt sich. Man erinnert sich, mit dem Manne gesprochen zu haben, dem dieser goldene Regen plötzlich in den Schoß gefallen ist. Er suchte seine Mine seit Jahren. Man hat sich wohl selbst über ihn lustig gemacht, wie die anderen auch, und nun ist er auf einmal Millionär. Ähnliche Beispiele kommen einem in den Sinn und man sagt sich: »Warum sollte ich's denn nicht auch einmal versuchen? ... Wer weiß? ... Vielleicht würde ich dasselbe Glück haben? ...« Das ist der erste Anfang des Goldfiebers. Indessen, die Arbeit des ranch ruft einen wieder in die Wirklichkeit zurück. Man hat Pferde und Ochsen, die verkauft werden sollen. Man muß Meile um Meile galoppieren. Der Anfall geht vorüber. Ein paar Wochen später sitzen die cowboys plaudernd ums Feuer. Man hört ihnen zu. Sie unterhalten sich von einem anderen Goldgräber, der eine andere Ader entdeckt hat. Wieder wird man von demselben wahnsinnigen Verlangen ergriffen, sich aufzumachen und selbst jenes Gold zu suchen, das rings um einen liegt, das sich hie und da, ganz in der Nähe, vielleicht gar unter unseren Füßen versteckt. Nach einigen Anfällen hat das Fieber seinen Höhepunkt erreicht. Eines Morgens nimmt man seinen Revolver, Speck und Mehl, und macht sich auf den Weg durch die Felsen, die Augen am Boden, den Geist, das Herz, den Willen am Boden, ganz beherrscht, hingerissen, hypnotisiert durch das magische Wort, das man sich aus den schlechten Wegen, unter der brennenden Sonne oder unter dem Schnee, fortwährend wiederholt: »Gold, Gold, Gold! ...« Es ist ein ansteckendes Wahnsinnsfieber, dem nur sehr wenige entgehen. Ich ward von ihm vergiftet, wie die anderen. Auch ich habe mich wie ein Goldsucher ausgerüstet und bin davongegangen. Einer meiner cowboys hatte eben eine Silbermine entdeckt und sie für 10 000 Dollars verkauft. Am nächsten Morgen nach dem Verkauf unterlag ich. Ich sehe mich noch, wie ich die Engpässe des Gebirges betrat, wie ich die Steine durchwühlte mit dem Blick, mit den Händen, mit der Spitze einer Hacke. Eine Meile um die andere und einen Felsen um den anderen. Vor dem Phantasiegebilde »Gold« war alles verschwunden: Ermüdung und Appetit, das Gefühl meiner Pflichten gegen meinen ranch, den ich hinter mir zurückgelassen, und meine Menschenwürde. Morgen werde ich welches finden! Morgen und nochmals morgen! ... Sechs Tage ging es in dieser Weise fort. Ich war geliefert. Als ich am Morgen des siebenten Tages mein Gebet verrichtete, das ich während dieser infernalischen Woche der Besessenheit vernachlässigt, hatte Gott die Gnade, mir über meine Verirrung die Augen zu öffnen. Wenn ich mich so feierlich ausdrücke, geschieht das absichtlich. Ich habe Leute von sehr hervorragender Intelligenz, von sehr großer Thatkraft gekannt und kenne sie noch heute, die sich im Innern der Wüsten auf der Suche nach Gold jämmerlich aufbrauchen, ohne daß irgend welche Enttäuschung, irgend welche vernünftige Erwägung, irgend ein Beweis sie von ihrem Hypnotismus heilte.

Hopkins, einer dieses Schlages, erzählte mir, wie er wochenlang, von kaltem Speck lebend, in Felsspalten zugebracht habe. Der geringste Rauch hätte die Indianer aufmerksam gemacht, welche die Prairie nach allen Richtungen auf der Suche nach seinem Skalp durchstreiften. Nichtsdestoweniger hatte er während dieser Verfolgung seine chimärische Jagd nach dem Glück fortgesetzt. Als ich ihn kennen lernte, öffnete er eben eine neue Mine. Sein Schacht stieg schon 30 Fuß tief herab: »Welch' reiche Mine! Da unten sind Millionen über Millionen, wie sie Mackay in La Bonanza fand ... Fehlen mir nur Kapitalien, um die Ader bloszulegen. Ich habe nach Chicago geschrieben, man wird kommen ...« Armer alter Hopkins! Er sah sie bereits, seine Millionen, er strich sie ein, er zählte sie. Er würde reich, sehr reich sein. Riesige Maschinen würden Tag und Nacht das Edelmetall für ihn brechen. Welches Entzücken sprach aus diesem hageren, abgezehrten Gesicht, dem das viele Träumen vom Gold förmlich die Farbe des Goldes verliehen zu haben schien, das infolge von Entbehrungen und Leiden ganz ausgemergelt und durchfurcht war, und in diesem Gesicht brannten zwei Flammenaugen, Augen eines Gläubigen und eines Phantasten. Der Westwind heulte durch die elende Hütte, deren klaffendes Dach seine Träumereien beschirmte. Und ich, der ich dieses selbe Fieber eine kurze Zeit kennen gelernt hatte, fühlte Mitleid mit seinem Wahne und bin sacht hinweggeschlichen, um ihn nicht an die Wirklichkeit zu erinnern.

Entdecken die Goldgräber auch nicht oft Minen wie die von la Bonanza, so sammeln sie doch wenigstens in ihren placers ein bischen Goldstaub, und wenn sie ihren Gewinn, nach Art der französischen Bauern, auf die Seite legten, so würden sie in behaglicher Wohlhabenheit alt werden. Aber der Westen ist nicht das Land der Sparkassen und der kleinen Rentner. Er ist das Land der Abenteurer, der Spieler, des »Alles oder Nichts«. Die Goldsucher sind kaum im Besitze einiger hundert Dollars, die cowboys haben kaum ihren Lohn erhalten, so beeilen sie sich auch schon, die einen wie die anderen, dieses Geld in der benachbarten Stadt, 50, 200 Meilen weit, auszugeben. Was uns anlangt, so begaben wir uns einmal im Jahre nach Deadwood und leisteten uns den Luxus der einzigen Loge des Gaiety Theatre. Es war dort etwas ungemütlich, in Anbetracht dessen, daß die Zuschauer im Orchester die schönen Stellen dadurch applaudierten, daß sie ihre Revolver nach den sonderbaren Plafondbildern abschossen. Nun hatte ich aber am eigenen Leibe erfahren müssen, wie leicht eine Kugel von ihrem Ziele abirrt. Die Loge übte einen wunderbaren Reiz auf die schauderhaften, aus Chicago importierten Tänzerinnen aus, die uns mit ihren schmachtenden Blicken rein erdolchten, während sie ihre runden Beine produzierten. Hatten wir ihnen eine erkleckliche Anzahl Dollars auf die Bühne geworfen, so stiegen sie zu uns herein, um uns der Sitte gemäß zu umarmen, und vornehmlich, um uns eine Flasche »Champagner« abzuschmeicheln, die 30 Franken kostete. – Sie mochte wohl 30 Sous wert sein! – Oft warf ein gespaßiger cowboy den Lasso nach ihnen, während sie von der Bühne nach unserer Loge gingen, und dann brach im Publikum ein neuer Beifallssturm los, begleitet von einem neuen Abfeuern der Revolver, und dabei war die Atmosphäre so von Alkohol geschwängert, daß es schien, als müßten die Streichhölzchen, womit sich die Besucher ihre Cigarren oder Pfeifen ansteckten, mit einem Schlage den ganzen Saal in Flammen auflodern lassen.

Zwischen Vergnügungen dieser Art und ihrer Galeerensklaven-Arbeit bewegt sich das ganze Leben der Goldsucher hin und her, wenigstens derjenigen, welche ehrlich sind. Andere, intelligentere und gewitztere, gelangen durch Gaunereien, deren Raffiniertheit zu schildern ganze Bände erfordern würde, zu riesigem Vermögen. Ich will mich begnügen, das Abenteuer eines gewissen Parker zu erzählen, der im Jahre 1885 eine Mine für 200 000 Dollars baar an Frissel & Co., große Bankiers in einer der großen Städte des Westens, verkaufte. Parker hatte seinen placer-claim in einer Länge von zwei Meilen mit Goldstaub präpariert. Er hatte hier in den Sand mehr als 10 000 Dollars vergraben. Nie trug ein Kapital so hohe Zinsen. Auf den Bericht zweier Gelehrter, ernsthafter Männer, die ganz expreß aus Boston gekommen waren, wurde die so auf künstlichem Wege hergestellte Mine als eine unberechenbar reiche erkannt. Frissel & Co. schätzten sich glücklich, diesen Schatz gegen einen Check von einer Million Franken, so viel forderte Parker, zu erwerben. Die Gelehrten kehrten fürstlich belohnt nach Boston zurück. Parker belohnte die Honoratioren, deren Zeugnis die Existenz des Goldfeldes bestätigt hatte, nicht weniger generös. Die ehrlicheren Leute hatten sich begnügt, zu schweigen. – »Mag er sich doch verteidigen!...« so lautet das Wort, das jeder in der Prairie im Munde führt, dieweil in seiner nächsten Nähe ein Unglücklicher ausgeplündert wird. Da Frissel & Co. sich niemals beklagt haben, so warten sie wahrscheinlich nur auf eine günstige Gelegenheit, den mit Gold durchsetzten Bach um das doppelte oder dreifache dessen, was sie bezahlt haben, an eine Gesellschaft zu verkaufen, die ihrerseits die Aktien mit großem Aufwand an Reklame unter den Leichtgläubigen Europas unterbringen wird. Das Ganze wird mit einem Krach endigen, bei dem die kleinen Leute das Nachsehen haben werden. Das ist das Gesetz des Lebens, so wie es die Amerikaner verstehen. Und Parker? Ihm hat der bewunderungswerte bluff noch mehr Prestige als Vermögen eingebracht. Er ist jetzt einer der einflußreichsten

Bürger von Omaha – »So smart a man! ...« und auf dem besten Wege Senator zu werden. Er besitzt in einer neuen Stadt vier ganze Häuserviertel, und er hat ohne Zweifel seinen Betrug vergessen, wie auch den verdammten Franzosen, der ihm eines Tages eine Kugel seines Colt 44 in den Schenkel jagte, als er sich öffentlich gegen die französischen Frauen in Schmähungen erging, die er alle in Paris gelernt zu haben vorgab. Ich hatte absichtlich tief gezielt, da ich meinen Mann nicht töten wollte, der mir darauf ebenfalls einen Streifschuß am rechten Ohre beibrachte.

*

Drei Monate später wäre mir dieser Revolverschuß beinahe teuer zu stehen gekommen. Parker, der mich seit unserem Kugelwechsel aus den Augen verloren, traf mich eines Tages in den Straßen von Custer City. Er ließ mich sofort unter der Beschuldigung der Körperverletzung arretieren. Die Sache kam zunächst vor den Friedensrichter, einen gewissen Richardson, der zufällig mein Krämer war. Ich schuldete ihm noch mehr als 200 Dollars. Außerdem hatte ich seine Wahl unterstützt. Ich wurde ehrenvoll durch ein also gefaßtes Urteil freigesprochen: »In Anbetracht, daß die Gefühle des Beklagten eine schmerzlichere Wunde erhalten haben, als das Bein des Klägers ...« Unter anderen Umständen hätte ich in die Hände desselben Richters eine hohe Summe niederlegen müssen, die er mit Parker geteilt hätte. Bei dieser Gelegenheit kann ich es nicht unterlassen, von dem zu sprechen, was alle Geschäfte beherrscht und alle Erfolge in diesem von Natur so freien und so reichen Westen hemmt: es ist der unversöhnliche, erbitterte Kampf gegen das Geld des Fremden, namentlich unter zwei Formen, welche unsere französischen Vorurteile uns als Errungenschaften ansehen lassen, unter denen der Steuern und der Justiz.

Die Züchtung der Rinder und Pferde brachte zu meiner Zeit 30 % Reingewinn auf der Prairie. Gute und möglichst einsame Weideplätze, auf denen wir als moderne Patriarchen und als entschlossene cowboys – die niemals Bedenken trugen, einen Viehdieb ohne viel Federlesens an einen Baum aufzuknüpfen, oder die grangers und Indianer weiter zurückzudrängen – unzählige Herden hätten heranwachsen und sich vervielfältigen lassen können, würden uns 60 % von unserem Kapital gesichert haben, hätte man nicht mit obigen beiden Blutegeln rechnen müssen. Die Kapitalsteuer bildet die Haupteinnahme der Staaten. Die Deklarationen streben natürlich dahin, ein möglichst geringes Kapital anzugeben, und es möchte schwer sein, die Zahl der Meineide zu zählen, die alljährlich zur Frühlingszeit in den Territorien des Westens geleistet werden. Demgemäß ist eine Specialkommission eingesetzt, welche ¾ dieser Deklarationen nach Gutdünken rektifiziert. Ihre Beschlüsse gründen sich auf die anonymen Denunziationen, von denen es hier, wie anderwärts, wimmelt, und hauptsächlich auf die politische Farbe des Steuerpflichtigen. Ist er ein Freund, so werden seine Deklarationen sofort als richtig anerkannt. Ist er ein Feind, so wird seine Einschätzung verdoppelt, verdreifacht, vervierfacht. Dann handelt sich's drum, zu allem Überfluß noch 5–6 % dieses Betrages zu zahlen, je nach dem auszugleichenden Defizit, will sagen, nach der Zahl der Schatzmeister, die einander an der Kreiskasse abgelöst haben. Was soll nun aus einem Fremden werden, der zu keiner Partei geschworen hat und dem von allen das Fell abgezogen wird? Nur eine Hoffnung bleibt ihm: den Kontrolleuren das Abzählen der Herden zu erschweren. Wir hatten in Fer de Lance einen arabischen Zuchthengst, der inmitten seines wilden Gestüts ein veritables wildes Tier geworden war. Er hatte einen harmlosen Passanten der Prairie, welcher nicht weit von seinem Lieblingsweideplatze vorbeiging, halb getötet. Diese Zuchthengste greifen mit den Zähnen und den Vorderhufen alle Personen an, die sie nicht kennen. Der durch das Tier verbreitete Schrecken bewahrte uns vor der Auszählung. Die Besitzer mußten sich auf mein Wort verlassen. Um nicht meineidig zu werden, ließ ich, wie gesagt, als der Zeitpunkt der Eidesleistung da war, meine Herden auf das Indianer-Reservatgebiet übertreten, und es blieb mir nur eine sehr beschränkte Anzahl von Tieren zu deklarieren. Trotz dieser Vorsichtsmaßregel erreichten unsere Abgaben eine so bedenkliche Höhe, daß sie die Hälfte unseres Gewinnes verzehrten. Denn dreimal während meines Lebens als cowboy verschwand der Schatzmeister des Kreises mit der Kasse, so daß wir zu guterletzt 12 bis 15 % Zuschuß zahlen mußten, um nur das Budget ins Gleichgewicht zu bringen. Hatte ich da nicht recht zu behaupten, daß Steuerdefraudation schließlich ein legitimer Akt von Notwehr wird?

Die ranchmen machten denn auch, wie man sich denken kann, davon recht ausgiebigen Gebrauch. Ich erinnere mich noch daran, was Fyffe, der damals Schatzmeister war und jetzt Strafanstaltsgefangener ist, für ein Gesicht machte, als der foreman der Anglo-Amerikanischen Kompagnie feierlichst erklären kam, daß ihm infolge der Unbilden der Jahreszeit nur eine einzige Milchkuh übrig geblieben sei. Dabei besaß die Kompagnie mehr als 30 000 Stück Vieh! Hinzuzufügen ist, daß besagter foreman ebenfalls an jenem Morgen einige corpse-revivers zu viel getrunken hatte. Fyffe war wie versteinert vor Bewunderung über solch eine Kühnheit: »What a pluck!...« rief er und ließ die erstaunliche Deklaration anfänglich wirklich gelten. Hinterher brachte ihn ein hohes, von einer konkurrierenden Kompagnie dargebotenes Trinkgeld von seinem ersten Gutachten wieder ab, und mit einem Federzuge vermehrte er die Einschätzung um das 20 000fache. Das trug ihm von seiten der cowboys eine Schein-Lynchung ein, wobei der gemeine Erpresser um ein Haar sein Leben lassen mußte.

Wie soll man sich nun gegen Leute von solcher Integrität des Gewissens verteidigen? An wen appellieren? Etwa an die Justiz? Jedes kleine Dorf des Westens zählt tatsächlich neben seinen zwei oder drei Generalen und seinen 30 oder 40 Obersten eine gleiche Zahl Advokaten. Ach, über diese Advokaten! Sie sind die Geißel der Länder mit wählbarem Richterstand! Immer auf dem Sprunge, die Cigarre zwischen den Lippen von früh 7 Uhr bis 9 Uhr abends, erwägen sie alle Möglichkeiten, die einen Prozeß für sie abwerfen könnten. Kein Streit, keine Zwistigkeit, kein irgendwie lebhaft gesprochenes Wort, das ihnen nicht zu Ohren käme, und sogleich stürzen sie sich förmlich auf einen und bieten ihre Gratisdienste mit der lockenden Perspektive gewaltiger Schadloshaltung an. Man acceptiert. Das Verfahren nimmt seinen Anfang. Gar bald aber ist die Verwirrung derartig, daß sich niemand mehr zurecht findet. Alsdann benachrichtigt uns der Advokat mit betrübter Miene und thränenden Augen, daß der Prozeß verloren sei. Er giebt die Gründe an, die genau das Gegenteil von denen sind, die er zuerst geltend machte, um einen zu dem unglückseligen Schritte zu verleiten. Damit man noch besser überzeugt werde, führt er uns insgeheim zum Richter, der die Reden des ehrenwerten Advokaten bestätigt. Gleichwohl sei eine Versöhnung möglich. Man unterschreibt, um nur aus dieser verteufelten Lage herauszukommen. Und die Kosten? 200, 300, 1000 Dollars, je nach den Vermögensumständen. In den Betrag teilen sich höchst billigerweise die beiden Advokaten und der Richter. Ich habe einen Landsmann von mir gekannt, der die Schuld auf sich geladen hatte, einen Banditen, welcher zuerst auf ihn geschossen, ins Jenseits befördert zu haben; er konnte seine so überaus gerechte Freisprechung nur durch Erlegung von 20 000 Dollars erzielen ...

»Man ist empört, nicht wahr? Auch ich war einst empört über diesen erschrecklichen Mangel an Berufsehre. Es giebt allerdings Ausnahmen, aber sehr seltene, und mit der Zeit gewöhnt man sich an die Mißstände, wie an den Regen im Herbst und den Schnee im Winter. Mit den Justizbeamten in den kleinen Städten des Westens verhält sich's ebenso wie mit den Ärzten und den Dentisten. Noch einige Geschichtchen, bevor ich schließe. Herbert kam uns eines Tages aus Omaha, wohin er gegangen, um seine Zähne ärztlich behandeln zu lassen, zurück, den ganzen Mund voll kleiner Löcher, die ihm der Operateur, nachdem er ihn chloroformiert, gebohrt hatte. Er konnte es vor Schmerzen nicht aushalten und mußte nochmals hin; da hat er sich denn diese Höhlungen mit Gold ausfüllen lassen, jede einzelne für 10 Dollars ... Einer meiner cowboys siechte infolge der Behandlung durch einen Arzt hin, der eine Magenkrankheit bei ihm diagnostiziert hatte. Er mußte täglich ein Pulver nehmen, das uns verdächtig vorkam. Wir ließen es analysieren und erfuhren so, daß dieses vermeintliche Heilmittel nur darauf berechnet war, die Indisposition des Kranken in die Länge zu ziehen. Er hatte bereits mehr als 100 Dollars – seinen Verdienst von zwei Monaten – in die Hände des Vergifters entrichtet. Diese moralischen Abscheulichkeiten und hundert andere, die ich mir zu erwähnen versage, sind die zwingende Folge des furchtbaren Konflikts von Thatkraft und Ehrgeiz, der auf der Prairie entfesselt wird. Ich gab mir von dieser Notwendigkeit selbst dann Rechenschaft, wenn ich am meisten darunter litt. Stießen wir, Herbert und ich, uns einmal an irgend einer gar zu krassen Barbarei, so riefen wir einander eine pittoreske Annonce ins Gedächtnis, worin wir diese beginnende Civilisation sich symbolisch spiegeln sehen. Wir hatten zur Zeit eines Ausstandes der Eisenbahn-Beamten auf einem Bahnhofe gelesen: ›Passenger, this line is boycotted. You'd better buy an insurance ticket, as this train will run by a green engineer ... Reisender, diese Linie ist boykottiert. Sie würden gut thun, sich einen Versicherungsschein zu kaufen, denn dieser Zug wird von einem Ingenieur, der noch Neuling ist, geführt ...‹ Wir begegneten ihr überall wieder, dieser Hand des green engineer, und ich mußte dann an Frankreich denken, das so schön, so traut, so vollkommen, ein wahrhaft liebes Land ist, selbst in seinen Mängeln, und das man nur verlassen zu haben braucht, um das Glück darin zu leben, voll zu würdigen. Ein Amerikaner drückte das einst so schön aus, als ich ihn fragte, was ihm in Paris am meisten aufgefallen sei? – ›Well,‹ erwiderte er, › the finish of it ... das Vollendete in dieser Stadt ...‹ »Und ich bin in mein teueres Frankreich nicht wieder zurückgekehrt, ich weiß nicht, ob ich jemals dahin zurückkehren werde. Wo man seine Familie hat, dort hat man sein Vaterland und meines ist jetzt in der kanadischen Stadt am Ufer des gewaltigen, wie ein Meer stürmischen Sees, wohin ich gekommen bin, um die Verluste wieder wett zu machen, welche der letzte Indianeraufstand dem armen, jetzt ruinierten ranch »Fer de Lance« zugefügt hat. Und jetzt, wo ich diese Memoiren beendige, die recht wohl posthum heißen könnten, da ja der cowboy Sheffield gestorben ist und wiederum dem Franzosen Raymond Platz gemacht hat, jetzt führt mich ein Heimweh wieder nach der Prairie. Ich fühle, wie tief ich diese traurige Wüste geliebt habe, die doch so anziehend ist, wenn man jahrelang in voller, strotzender Jugendkraft, den Revolver in der Faust, den Karabiner am Sattelknopf, darin gelebt hat. Da hab' ich ihn vor mir, meinen cowboy-Sattel, und schaue ihn sinnend an. Mir ist's, als hörte ich den Wind, der mich umwehte in den Nächten, die ich draußen zubrachte und der mir dieselben geheimnisvollen Worte zuflüsterte, die er spricht seit Erschaffung der Welt. Wieder erblicke ich die Unendlichkeit der Steppe, hie und da von Canons durchschnitten, wo sich zur Mittagszeit die Hirschkühe mit den Kälbchen verbergen, von stillen Quellen durchrieselt, wo die Pumas den zarten, schwachen Gazellen auflauern. Ich fühle, wie die Hufe meines Pferdes die hohen, ausgedörrten Gräser Dakotas niedertreten. Der Wind trägt das frische Aroma des Salbeigesträuchs von Wyoming zu mir herüber. Das ganze große Land dehnt sich vor mir aus – ein wildes und gefahrvolles, aber freies Land, wo alles in allem, wie ich erprobt habe, das Leben weniger schmerzensreich als anderswo ist – ein Land erhabener Regungen, wo ich der Natur, wo ich Gott so nahe gewesen ... Mit zitternder Hand streichle ich das lohfarbene Leder dieses Sattels, und fast mühsam muß ich das unsinnige Verlangen niederkämpfen, das mich anwandelt: wieder wie einst in diesem Sattel zu sitzen, wie einst mein kühnes Roß zu spornen und weiter, immer weiter gen Westen zu reiten – ich, der ich doch drei Kinder zu Hause habe ...«

Über tredition

Eigenes Buch veröffentlichen

tredition wurde 2006 in Hamburg gegründet und hat seither mehrere tausend Buchtitel veröffentlicht. Autoren veröffentlichen in wenigen leichten Schritten gedruckte Bücher, e-Books und audio-Books. tredition hat das Ziel, die beste und fairste Veröffentlichungsmöglichkeit für Autoren zu bieten.

tredition wurde mit der Erkenntnis gegründet, dass nur etwa jedes 200. bei Verlagen eingereichte Manuskript veröffentlicht wird. Dabei hat jedes Buch seinen Markt, also seine Leser. tredition sorgt dafür, dass für jedes Buch die Leserschaft auch erreicht wird.

Im einzigartigen Literatur-Netzwerk von tredition bieten zahlreiche Literatur-Partner (das sind Lektoren, Übersetzer, Hörbuchsprecher und Illustratoren) ihre Dienstleistung an, um Manuskripte zu verbessern oder die Vielfalt zu erhöhen. Autoren vereinbaren direkt mit den Literatur-Partnern die Konditionen ihrer Zusammenarbeit und partizipieren gemeinsam am Erfolg des Buches.

Das gesamte Verlagsprogramm von tredition ist bei allen stationären Buchhandlungen und Online-Buchhändlern wie z. B. Amazon erhältlich. e-Books stehen bei den führenden Online-Portalen (z. B. iBookstore von Apple oder Kindle von Amazon) zum Verkauf.

Einfach leicht ein Buch veröffentlichen: **www.tredition.de**

Eigene Buchreihe oder eigenen Verlag gründen

Seit 2009 bietet tredition sein Verlagskonzept auch als sogenanntes "White-Label" an. Das bedeutet, dass andere Unternehmen, Institutionen und Personen risikofrei und unkompliziert selbst zum Herausgeber von Büchern und Buchreihen unter eigener Marke werden können. tredition übernimmt dabei das komplette Herstellungs- und Distributionsrisiko.

Zahlreiche Zeitschriften-, Zeitungs- und Buchverlage, Universitäten, Forschungseinrichtungen u.v.m. nutzen diese Dienstleistung von tredition, um unter eigener Marke ohne Risiko Bücher zu verlegen.

Alle Informationen im Internet: **www.tredition.de/fuer-verlage**

tredition wurde mit mehreren Innovationspreisen ausgezeichnet, u. a. mit dem Webfuture Award und dem Innovationspreis der Buch Digitale.

tredition ist Mitglied im Börsenverein des Deutschen Buchhandels.

Dieses Werk elektronisch lesen

Dieses Werk ist Teil der Gutenberg-DE Edition DVD. Diese enthält das komplette Archiv des Projekt Gutenberg-DE. Die DVD ist im Internet erhältlich auf **http://gutenbergshop.abc.de**

MIX

Papier | Fördert
gute Waldnutzung

FSC® C083411

Zeitfracht Medien GmbH
Ferdinand-Jühlke-Straße 7
99095 Erfurt, Deutschland
produktsicherheit@kolibri360.de